倡导诗意健康人生　为诗的纯粹而努力

2020年度诗人作品选

主编○阎志

人民文学出版社

图书在版编目（CIP）数据

2020年度诗人作品选/人邻等著；阎志主编. —北京：人民文学出版社，2021

ISBN 978-7-02-015618-4

Ⅰ.①2… Ⅱ.①人… ②阎… Ⅲ.①诗集-中国-当代 Ⅳ.①I 227

中国版本图书馆 CIP 数据核字（2021）第 083318 号

主　　编：	阎　志
责任编辑：	王清平
责任校对：	王清平
装帧设计：	叶芹云

出版	人民文学出版社有限公司
地址	北京市朝内大街 166 号　邮编 100705
印刷	北京新华印刷有限公司
经销	全国新华书店
开本	880 毫米×1230 毫米　1/32
印张	10
字数	180 千字
版次	2021 年 1 月北京第 1 版　2021 年 1 月第 1 次印刷
ISBN	978-7-02-015618-4
定价	39.00 元

中国诗歌编辑部
武汉市江岸区惠济路 3 号卓尔书店　邮编：430000
发稿编辑：刘蔚　熊曼　朱妍　李亚飞
投稿信箱：zallsg@163.com　电话：027-61882316

如有印装质量问题，请与本社图书销售中心调换。电话：010-65233595

中国诗歌系列丛书编委会

编　委
（以姓名笔画为序）

车延高	北　岛	叶延滨	田　原
吉狄马加	李少君	杨　克	吴思敬
邹建军	张清华	荣　荣	娜　夜
阎　志	梁　平	舒　婷	谢　冕
谢克强	雷平阳	霍俊明	

主　　　编：阎　志
常务副主编：谢克强
副　主　编：邹建军

目 录

人邻作品选……………………………………………… 1
剑男作品选……………………………………………… 8
育邦作品选……………………………………………… 15
张作梗作品选…………………………………………… 22
叶琛作品选……………………………………………… 29
宝兰作品选……………………………………………… 36
龚学敏作品选…………………………………………… 43
谷未黄作品选…………………………………………… 50
臧思佳作品选…………………………………………… 57
盘妙彬作品选…………………………………………… 64
马占祥作品选…………………………………………… 71
梅依然作品选…………………………………………… 78

李云作品选……………………………………………… 85
灯灯作品选……………………………………………… 91
李志勇作品选…………………………………………… 97
东涯作品选……………………………………………… 103
黄沙子作品选…………………………………………… 109
陆健作品选……………………………………………… 115
刘春作品选……………………………………………… 121
孙思作品选……………………………………………… 127
容浩作品选……………………………………………… 133
离离作品选……………………………………………… 139

游金作品选……………………………………………… 145
卢辉作品选……………………………………………… 151
宋憩园作品选…………………………………………… 157
谈骁作品选……………………………………………… 163
江雪作品选……………………………………………… 169
瘦西鸿作品选…………………………………………… 175
郭辉作品选……………………………………………… 181
吴锦雄作品选…………………………………………… 187
钱万成作品选…………………………………………… 193
阿华作品选……………………………………………… 199
郝俊作品选……………………………………………… 205
李皓作品选……………………………………………… 211
冷眉语作品选…………………………………………… 217
田暖作品选……………………………………………… 223
燕七作品选……………………………………………… 229
忽兰作品选……………………………………………… 235
陈广德作品选…………………………………………… 241
孤城作品选……………………………………………… 247
邓晓燕作品选…………………………………………… 253
庄凌作品选……………………………………………… 259
郭玛作品选……………………………………………… 265
安辉作品选……………………………………………… 271
姜华作品选……………………………………………… 277
刘乐牛作品选…………………………………………… 283
周瑟瑟作品选…………………………………………… 289
罗爱玉作品选…………………………………………… 295
姚风作品选……………………………………………… 301
梅玉荣作品选…………………………………………… 307

人邻作品选

人邻,本名张世杰,1958年生,河南洛阳人,现居兰州。出版诗集《白纸上的风景》《最后的美》。

那山水人家，她说

那山水人家，临水而居
一家人眼神清澈，衣衫洁净
几册农书，即无多余片纸
四围寂静，竹木安然

行经的我，以为懂得很多
以为我走了很长的路
以为我因所见所闻所感
可以说些什么

那家的小女儿却抱着一只猫
说要给它洗洗耳朵
说要洗净它的眼睛、嘴巴
就用溪水，几片碧绿树叶

她说，阳光真好，水声清冷
你不必走那么远，读那么多书
她说，做一只猫一棵树就好
猫懂的，树懂的，我们人都不懂

我还要等一会儿

我还要等一会儿
才能去亲近那个女人
最好的是
她要穿过雨后的田野，清净的竹林
经过溪水、一尘不染的石头
最好还要经过一座寺院
轻轻叩响僻静的门环
合十而并不进去

最好，她还要经历了饥渴
经历了晨风的饥渴
青草的饥渴
春花和夏夜的饥渴
深秋和严冬的寂寞的饥渴

是那清水般的饥渴气息
远离了尘世喧嚣的
才让我那么爱
才让我爱了还要爱
到死都不能放下

可我还是要等一会儿
再煎熬一会儿才能去亲近那个女人

悼　词

我愿她
能就此安息

她一生劬劳
艰难
无望
请原谅她只是一个普通人
原谅她
生而为人、为母
也许
并不是她的本意

我很抱歉
愿这悼词
不会打扰到她
一个普通人
要什么悼词
一个普通人
不过是生
而后离去

废纸上

我喜欢在废纸上写点什么
喜欢那废纸上原有的字迹
印刷的,不知名的谁草草写上的
我是在那"空白"处
才能写出几句话

世界已经太快
人太多,岁月那么稠密
我只有这一点"空白"
也只能写下这几句
与这个世界无关痛痒的

春的时候,夏的时候过了
要到秋风起了
好凉的一阵秋风
我的句子才偶遇了一阵凉意
要到了冬天,下雪了
它们才真正冷了
那种我想了好久,也想不到的寒冷

我喜欢的

人们看山去了,看水去了
看春夏的树木花草去了

万物纷扰,愈新鲜的愈是纷扰
而孤僻的我只喜欢经年的旧事物
喜欢那为人们遗忘了的
雨后的田间小路
喜欢那披着朝霞去了田里
带月荷锄归的人
喜欢那打制农具的人
和那担着青菜匆匆赶集的女子

我只能喜欢这些
只能用迅疾衰老的肉体尽力去爱
一直到再也不能把这些
都坚持着,一一再爱一遍

刀

一把刀
无处安放

我把它插在花瓶里

花瓶
空空
没有花
只有这把刀
后来
这把刀
奇怪地不知去了哪里

插花的时候
总觉得有风
有犀利的冷风
飒飒划过

那些花好像唰地一下
就落了

剑男作品选

剑男，1966年生，现居武汉。毕业于华中师范大学中文系。有作品获奖、入选多种选本及中学语文实验教材。出版诗集《剑男诗选》等。

灰　椋

天还没有暗下来，河边树上
还停着一只灰椋
它对着残云在水中斑驳的倒影
对着在平静浅水滩中
自由游动的小鱼
以及小鱼身边悄悄出现的月亮
在枝丫间欢快地跳跃鸣叫
像一个贪玩的少年
唯有不复返的时光如夕阳远逝
如灰椋在这个快被光明遗弃的世界
看月色动江流

野蔷薇

有人偏爱感官的刺激，我给他
献上这一束野蔷薇
我献给他野蔷薇的桀骜和奔放
也献给他花枝上细小的刺
越过尖刺
我希望他有着富有远见的判断
不再去爱世俗的玫瑰

那虚伪的、庸俗社会学的玫瑰
那一半来自被改良过的
野蔷薇的玫瑰
所有高过头顶的花环都有可能
是令人痛苦的荆冠
希望我送他的这束野蔷薇除外

痕　迹

所有事物都是有痕迹的
我相信只有痕迹
才能抵达世界的真实
就像我相信柏拉图所信奉的
构成这个世界的理式
就像眼前窗外的那棵老槭树
弯曲、丑陋
在这座遍地长着高大槭树的村庄
几乎人人都视而不见
但对他而言
只要对母亲的记忆还在
这棵老槭树就永不会在窗外消失
即使真的被砍掉
它也会重新从他心里长出来
立在它原来的位置

冬　茅

为避免陷入狭隘的个人经验和趣味
他选取了一支冬茅,以此说明事物存在的必然性
你们看,思想也可变得如此素净,并
不假以山中乔木。他抖了抖冬茅柔软的芒
上面垂下来的丝绦还在散发着晶莹、细小的光泽
我们又忆起河边造纸厂码着的冬茅秆
如何被制成纸张,成为我们学习的练习簿
那时候的造纸厂门前种有一排蜀葵,艳丽的花朵
从来没有受到过穷学生的青睐,就像
我们那时受到的教育:——我们都觉得蜀葵
并不比冬茅更漂亮,那种过于自我的骄纵远不如
一株冬茅没有自我的谦逊所产生的美

相提并论的事物

事实上并不存在相提并论的事物
那些希望和别的事物
相提并论的事物一定是没有办法
与他物进行比较的事物
比如一架高高探出树梢的紫木藤
和它攀附缠绕的黄杨树

一个势力在不断壮大而渴望
在权力中心再摆一把椅子的枭雄
一只在蓬蒿中自得的麻雀
和一只在蓬蒿中无法脱身的鸿鹄
他们都是各自独立的人和物
彼此并不具备可以相提的并列性
那些欲比者都如雨后的彩虹
好像他们正在绚烂地扩张着天空
其实不过是一种存在的幻觉

耕 牛

幕阜山脚下
耕田拖拉机在平阔的田野上
欢快地翻耕着泥土
而机械不能到达的地方
牛正在忍辱负重地拉动着犁铧
冰冷的机械
眼神慈悯的耕牛
我怀疑在自由和限制之间并不存在
什么可以改变的命运
你看俯首的牛
它看上去总是在听命
深陷泥污，戴着枷锁，套着绳索
像屈从某种神秘的律令

变

我喜欢卡夫卡写一个人变成虫子
如果我也能变化
我希望剔除其中的寓意
只是单纯地从一个人变成一种物
我希望变成眼前这块草地
黑暗中和你一起承接黎明的露水
我希望变成草地旁边的一尊石兽
远远地守着你安静的睡眠
如果能再近一点,我也愿意变成
一丛你生前喜欢的红木香
长在你墓地的一侧,每当你在我
梦中出现,我就弯过去
和另外一侧的刺槐形成一道通向
你的、美丽的拱门

河水、石头和涟漪

他站在河边向河心掷出一块石头
除了溅起的水花,他没想到
石头在河水中形成的涟漪竟如此有意思
先是如遥远记忆中一个被雨水

洗涮得清亮的石臼
然后是一块被风吹皱的灰绵绸
然后是一截在水中不断往下沉的阴沉木
涟漪先是横的，像是
要把流水拦腰切断，随着流水向前流淌
又像是有人在河流腹部拉上一刀
但这一切很快就消失
河水比我们想象的还要快地
忘记了自己刚才被一块石头砸中的事实
轻而易举就恢复到原来的样子

河边往事

四十年前，那时河两岸还是稻田
我、卫东和金亚兵
坐在河边石头上把脚放在河水里
你穿着一双白色塑料凉鞋
走过来挨着我们坐下，当你脱下
凉鞋，挽起灰色绵绸裤
像我们一样把脚伸进河水中
我们都不约而同地把黝黑的双脚
迅速从河水中缩了回来

育邦作品选

育邦，1976年生于江苏灌云，现居南京。著有诗集《体内的战争》《忆故人》《伐桐》等。

对　饮

你苔藓的静默。
伫立在阔叶林的阴影中。

五月，风暴的峭壁。
你捡起松果，跨上灰马，
越过开满蔷薇的山丘。

一枚榛子，少女指南针。
你从尘世的烟霞中出走，
穿过坡地，走向林中坛城。

羽状的玫瑰火焰，在绿色星辰上，
燃烧。薄暮时分，我们取出烧酒，
对饮。一杯又一杯。

形与影，携手天地间，俯仰啸歌。
混同于野兽，载歌载舞……
震落树梢间无数的尘埃。

烛 光

终其一生,母亲走不出她的岛屿。
那溺水身亡的女儿。

看不见的客人从泥土里来,
把赝品塞给她。

月光与潮汐,涌动的悲悯之心。
哦,烛光,烛光在哪里?

她把自己变身为上帝,双手秉烛。
微暗的火苗,照见那棵弱小的向日葵。

离 歌

山水在谈话,云与雨的离歌。
迷惘的琴弦,理解
一朵玫瑰花的朽烂。

朝菌和蟪蛄,居住在石头中。
黑暗简化了事物的面孔。
理发师弹奏苍白的草茎。

一碗清水，尘埃的梦呓，
倒映苍老的皮囊。
墙上的人，没有头颅。

世界沉默如是，虚伪的影子
纷纷坠落，倦于贞洁。
羞怯的平衡木，走向远方。

天仙配

蓬莱村的春天散发出腐烂的味道。
迷楼与永生，让我们绝望。

四月，补衣人飞走了，
带着人类的血脉。

戴斗笠的人，背对时光，
独自饮下黄縢酒。

织锦上的蝴蝶，从梦境中
苏醒，飞向朴树，飞向苍穹。

他携带尘土，在积雨云上安居。
人类的孩子，迷失在繁花中。

请　求

把原来的嘴还给我，
我要喝水。

把失落的双眼还给我，
我要巡视我的渺小王国。

把那把残破的瓦刀还给我，
是的，泥瓦匠的活计使我安心。

把愚蠢的权利还给我，
我要在梦中沉睡，永不醒来。

哦，羞于说出战栗的少女。
那是寂静的水蚌，最后的请求。

白鹿山

白鹿山下，每一天
都如同黄昏
时间里的傻瓜
端坐到洞穴中修行

他们拖着没有头颅的身躯
在清贫的人间走来走去
围观的人群散去
村子,一个人也没有
灰狗在阳光下睡着了
正在品尝梦中的珍馐

人们出去,又回来
在暴风雨的驱使下,他们
摧毁自以为是的偶像
然后……嫌弃地走开

过去的石头,麇集的美梦
在一片虚无的呐喊声中
走向尘土,一代又一代人
在五月的烛光中,重回黄昏

晨起读苏轼

在时光的溃败中
我们拈花,饮酒
在玉兰花的花瓣上
你写下诗句
有时,你也会写一封信
与草木交谈,用行草书写我们的梦境

雪泥鸿爪，不确定的人生
接骨木的战栗黄昏
你徘徊在蝶梦山丘中
月魄与海水，涌起相对论的秘密

溪流穿过生命的每一个时刻
风从海上来，带来你自身的悖论
无处安心的居士，在他者的故土上
漂泊，没有过去，也没有未来

看不见的客人曾经来过
而你，不得不向
这沉默的河山，归还
借来的每一粒尘埃

你手持虎凤蝶，被钉在十字架上
哦，纳博科夫的虹膜里倒映着一个诗人的葬礼
在时间的灰烬中，我们共同举杯
饮下朝云，最后一杯梅花酒

张作梗作品选

　　张作梗，1966年生，祖籍湖北京山，现居扬州。获《诗刊》2012年度诗歌奖。

豌豆地

豌豆地里,杜鹃在叫。也许是鹧鸪。
蓊郁的叫声,短促、飘渺,
仿佛低咻的暗火在田野里蔓延;
细听,又像挂在高空中,
引人止不住仰望。

这浸透了晨光、暑气和暮霭的
古老的乡愁,一声声,
叫得人心恍惚。——劳作开始有了牵挂;
一缸清水里的种子,
倒出谷仓陈旧的火焰。

豌豆地里,鹧鸪在叫。也许是杜鹃。
时而清晰像雨洗过后的山峰;
有时又远了,
仿佛飘走的夜灯。
土地因之有了颜色的分野和季候的变迁。

这浸透了晨光、汗渍和暮霭的
悯农的声音,一次次,把片瓦和土粒
粘合起来,搭筑成农事的窠巢。
还乡的人,像地里的豌豆,
蹦出了豆荚。

木　桩

你，泥雾中的木桩，
高高跃起在故乡的沼泽地上。
雀鸟把你当作栖歇之树；
土地丈量员，用卷尺带来了河湾。

仰仗你，村庄找到了方位，
荒芜的墓园有了标高。
——仿佛沉船遗留在海面的桅杆，
风暴依然围绕着你打转。

我多次梦见我被你绊倒，
就像你一直见证着我的成长。
乌鸦在墓园里嘶叫，
黝黑的沥青路上，驶来一场秋雨。

灯笼里漂浮的稻草垛，
被河流截获，拴系在你的身上；
铁丝网上晾晒的台阶，无处可去，
成为你偶尔经停的驿站。

多少人和物，被沼泽地吞噬，
唯有你，仿佛一叶木桨，
划动在沼泽地一样的记忆上；

落日为之不落,墓园里乌鸦在叫。

粪　堆

我到过粪堆那里,
——也许是在多年后的梦中,
从它树枝掩映的面孔后面一闪而逝,
仿佛一缕烟。

金黄的粪堆,由稻草末聚拢而成。
每天,我的父亲起得比霜还早,
砸开冰面,从池塘取来水,
一桶桶泼在上面。
——淡蓝色的白雾,自粪堆内部涌出来,
成为云朵的胚胎。

慢慢,它发乌变黑了,
蓬松的身体愈来愈结实、紧致,
成为一堆沤烂成熟的肥料。
时间长出纤细、白色的绒毛,
朝南的一面,密密麻麻,甚至拱出了
一溜高矮不一的草菌。

又一个早晨醒来。
当我提着一篮青菜,去到塘边清洗,
粪堆已不翼而飞。

我的母亲挑着两筐新鲜的阳光从
田野回来,脸蛋红扑如云,额头上淌着
冒气的汗珠。

风　车

多年后,在荆棘丛里,
我捡拾到一个圆。
木头做的,边沿好几处已腐烂;
圆心是铁打的,里面有雨水做巢的痕迹。

我费力将它翻过来,圆形完好无损,
覆压的地方露出了另外一个圆。
我附身察看,那新鲜的
圆环上除了蜗居着无数蚂蚁,还有蚯蚓、
草虫、纤细的针叶菇;我甚至找到了
童年丢失的那颗弹珠。

是谁把它丢弃在这儿的?
为什么荆棘成了它的庇护所?
它是一副农具还是一件祭神的贡品?
多少人的体温通过它传给了我?

一个木质结构的圆,横卧在野外,
腐烂也没能改变它的形状。
当我扶起,荆棘为它随之滚动

缀上好看的花边,而落日从其中穿过,
犹如钻火的狮子……

我看见村庄向它迎面滚过来,
用不易察觉的暮色,
缝合着它的残缺和失散的辐条。

云 杉

云杉像风一样升起来。
夏季将至,
留给浮桥的时间不多了——
就像一个外地打来的电话,暴风雨很快
就会将它挂断。

墙边堆垒的排水沟,是门槛的一部分,
而沟渠里的菩萨,
是人们心灵的另一部分。穿过
乡村小学的铃声,云杉像
旗帜一样升起来;
一群蜻蜓被低气压裹挟着——孩子们的
读书声,成为它们迎风而飞的
第三只翅膀。

只因夏季将至,
潮湿的碑石涌出了文字……

——留给花朵的时间不多了,
转眼田野奔跑,草长莺飞,
黑夜把一平米的雷霆,砌上了屋顶。

打开碗橱,母亲端出了星星。
一切的因,开始起底宿命的果。
赶在故乡消失之前,我像一棵被淤泥
掩埋的云杉,浮出了水面,
怒放的枝条上,挂满乡村小学
潮湿的铃声。

叶琛作品选

叶琛,1986年生,浙江庆元人,现居丽水。作品散见于《诗刊》《星星》《江南》等。著有诗集《彼年》。

三 月

湿气凝重的早晨
风垂挂在树梢
忽然之间,花儿开遍了山径
原野芳香

可惜了。这一切并不是开始
那些生活中
塌陷的、离去的、失散的
悬而不决
把悲苦聚在了一起——这样的春晨
多么无辜啊

或许,大哭一场会更好
或许,我该解下身上细长的悲伤
任它被风吹乱

晨光中,我看见一个扛着铁锹的人
向田野走去
三月,旧景尚且偏新
我试着用一种内心的稳定
收纳不幸和赞美

幸　运

斜风吹来
柳条儿低头饮水
这个下午，蓝和宽广是天地间最大的快意

像我这样一个
历经漂泊之人，能借小小一席地
以爱，以赞美，以放纵接受孤独的填空
是多么的幸运

面对四月，能伸手以蝴蝶之心
摸索花苞的脊背
是多么的幸运

感谢你啊，俗世
我深沉的生活凹陷里，每一样下落的事物
都在接受大地的指引

发　现

发现始于瓦解。那些
残存的事物

我以为就是犁痕，或是刚刚被修剪掉的草屑

当丢失也成为一种继续的时候
寡居也是值得热爱的——离城不远
依稀的午后
我忍着干咳，试着把一支烟抽完

走到别人的窗前
推开时光侧门，你会发现那只花瓶
最大的获得是蒙尘

夜之歌

黄昏过后，鸟雀们纷纷飞散
在风中
植物摇摆不定
在风中，我背井离乡

蒿草哗哗，茫然一片
谁的回忆在荒野深处
显得那样温馨、辽阔，彻底的安静

在这样的夜晚
美丽是一条河流吧。美丽是
一群隐秘的星星
一个无所适从的悲伤

不可言说

抗争、献祭、传颂，人间星辰
别离时的私语
甚至，时间细碎的颗粒所碾压的
悲悯之物都有了平常

不可言说的都写在这里了
轻盈冗长的夜晚
爱我伤我的寂寞
多好啊，当尖细之芒碰在一起
心便有了去处

这里的冬天总是要延续很久，寒冷在挤压
窗口的细颈瓶插上了瘦花
远行人呐，明明身处阵营
却分不出立场，好像
心生狐疑反倒让人心绪笃定

郊外的钟声

这是城市的余音
我喜欢这条被舍弃的声线。悠远

穿过尘嚣外的寂静

你说，心怀远方就不孤独了
为此，我沿着季节的青草地
走了很远
你说，在逃离中你像一截
欢快的小水流

我忽然少了一种
应对的方式
郊野之外，我并没有让你发现
一个灵魂
正走在钟声消失的边界

我 爱

我爱瑶草遮蔽的野径
我爱尘境之外的柳荫
我爱翻找、爱折叠，爱苦难之时向自己微微倾斜

我爱他乡的旅店。钟声、脚步
仿佛我抛出的送别
仿佛挂在风口的暮晚。我知道
有些事物，一旦提及，便是毁灭

我爱那些裸露的尽头

我爱那扇低矮的房门外
梦的黑色森林
我爱夜雨的苦楝树……这爱的芦管,又让我想起
你细雪般白白的核

细细地听

听,花朵附近
梦被什么折弯了。傍晚从一条曲线经过
我并没有留意
归鸟划过天际的孤独。郊外
我松脱得像一个张开的野栗
被弃于偏角

我意识到
城墟之上,容易碰伤的
何止你我。于是我便轻轻坐了下来
侧耳倾听——临近黑暗的负重
挤碎一颗晚露之时
一片寂静
仿佛也在你我之间相互寻找

宝兰作品选

宝兰,现居深圳。《鸭绿江·华夏诗歌》执行主编。作品散见于《诗刊》《星星》《作品》《特区文学》《解放军报》等。

冰层之下

我要用一朵小白花
送行这个春天
我要替一粒种子,讨回公道

哪怕是你,正企图颠覆
扼杀万物的认识
我依然选择开出一朵倔强的小花
代表我的种族向你曾经的爱
表达谢意

无可救药,悬壶济世
一地冤亲,十里孤魂
有人看见他们身体依然喷出火来

是什么蒙蔽双眼,堪折无辜
春天和疾病为伍,人心
一本流水的账,还要让我们怎样去相信
那个有关金色的梦

错过花期,隐去的人
迎来宇宙洪荒,到那时
促膝谈心,万人空巷,不再是
空洞的名词

春天染了病
一朵干净的小白花,在此送行

红　烛

燃烧着,素衣拈香
不肯去的小家伙
愣头愣脑地探寻着山谷底部,在深处
集结上等资粮
夜,越来越深,越来越厚

排山倒海之势,子弹出膛
一步一步,有计划力拔山兮向前抵进
不要停下来
跌宕起伏之中,用尽全部力气
一扇自在的门后
瓜熟蒂落,小院春风

一个圣婴将在黎明后诞生
原来,所有坚硬的存在,都将柔软地失去……

我要紧紧地抱着你
——就像抱着我们所剩无几的青春

雨中的梨花

天上那些飘过的云
每一朵都有着自己的重量
纵使落下来,也残留着高处记忆
春雨中的梨花
接受滋润也浇湿了头发

自此,你会进入一个话题
每一步都带着潮湿的基因
在跪拜的路上
还不能去安抚已经磨损的膝盖

时常恍惚,既然省下买伞的钱
我就不会惧怕那些坚硬的日子
更不是为了一堵挡风的墙

你挟风而来,成为统领一切的王
赐我屈辱的活
我只能借助一间干净的小屋
来拒绝
——飞溅的泥点

最是难忘桃花源

乡愁和年龄一样
在漂泊的路上，越长越大
一朵浅绿的梨花，稚嫩的桃花
还有一朵朵鲜艳的映山红
扑面而来的清气
重现了数十年前的早晨

一切都新鲜水嫩，初春
哥哥牵着牛在田埂上慢慢地走
我拿着小铲子对着泥巴轻轻地挖
父亲在不远处的菜园弯着腰
娘在灶前烧火，姐姐们浣衣、挑水、做针线
房前屋后盛开的花，好一幅春色

那是一家人怀抱炊烟的日子
如地里的庄稼
希望，时刻都在生长
清贫的时日，竟然是记忆中最甜的蜜

如今，早已回不去从前
而我已像怀念一样平静
热闹的一家人各自有了前方
父母亲走得更远，无从知晓他们的下落

我们兄妹的思念,便停留在清明这一天

活着的重,存在的空
是每一个背井离乡人回避不了的宿命
兜兜转转,原来出生地
是上一辈的桃花源

这些年

童年不会哭,知道哭也没有用
大多数时间,我就是一根哑木头
保持一个姿势
手,伸向天上的娘

这些年,时常
忘记自己是个女人,洪流裹挟,肩挑背扛,连滚带爬地从
一个风口到另一个风口
面对一个人的日月,一个不确定的黎明
不知道该信谁和不信谁

这些年,不和别人比短长
把日子缝缝补补,东拼西凑
穿在身上,加衣御寒
把孩子带大,把老人送走
从青丝到白发再一次次把白发染成青丝
一次次用哽咽的喉咙告诉亲友

我很好，我还行，你们有什么事？

这些年我写诗
希望每一行诗句就是甩出的鞭子、拔出的剑
带基因的子弹，也是桃花源、女儿国
这些年，我朝山，礼佛，问道
哭着哭着就笑了
知道拿下多少东西，就要放下多少人

这些年，一个女人
"从自己的落日坐到自己的黄昏"
从不轻言幸福，也不轻薄寒冬
活了半辈子，真懂了
这世间所有的幸福，都建立在薄冰之上

龚学敏作品选

龚学敏，1965 年生于四川九寨沟，现居成都。1987 年开始发表诗作。1995 年创作长诗《长征》。出版诗集《九寨蓝》《紫禁城》《纸葵》等。

药　铺

草长成的铜像，立在中药铺门口
一点点地，从活人的细节中死去
那么多阳光
像是拯救时开出的药方，更像是
给死亡，出具的证明

大街上笨拙的事实，包括垃圾车
来回的时间，都站在报社的阳台上
喧嚣。一只麻雀
极不情愿地召唤她的子女

我给学中医的表弟说，风水与算命
是麻雀的翅膀
胆怯的墨镜，一出场，便知晓
一个方向
可以治好痨病。众多的方向
却治不好风筝。如同
我们一边需要灵魂安息，而一边
我们又找不到灵魂

雨　夜

降临人间的雨，迫不得已。原野
已成划烂的蛋糕
到处都是抱着自己哭泣的泪滴

把胃写疼的诗人，用多余的疼撑开
伞，提醒哭累的银杏
被规矩修剪掉的枝丫，死一次
就用尸体把天空烧疼一次

在灯光的雨柱中蠕动的货车，沦为
穿着雨衣的街道上游荡的守夜人
溅起的泥点
是碾压出疼痛的告密者，和雨滴的
哀歌

深夜紧张地捂住地铁口
那么多渴望爱的人，早已被风吹散

站　台

铁轨伸向远处，两旁长满城镇的瘤子

肠梗阻一般，让啄木鸟和庄稼厌恶
原野逝去
新生的大地，像是它遗落的尸体

屈子投江，诽谤的水一浪接一浪
菖蒲的刀，纵使把每一个端午
杀得遍体鳞伤
屈原也与屏住气息龙船无关

杜甫蜷在船上，朝代的威仪被草芥们的
唐诗一卷卷地铺陈，帝国再锦绣花开
杜甫像是从未到过大唐

东坡一贬再贬，写出的月光覆盖沃野
包括卑微和饿殍，包括乱石穿空
千堆雪，只是写写而已
东坡已悄然滑出宋代

秋瑾秋风秋雨不仅愁煞人，还把轩亭口
愁得朝天张开，欲言又止
没说出的正是秋瑾二字，无关大清

故宫是紫禁城的尸体
雾霾是工厂和呼吸和那么多汽车奔跑后
的尸体
高铁向远处驶去，站台上的标语
像是写给它的悼词

鹈 鸟

坠落的鹈鸟让春天死出一个洞来
树叶用新鲜的暧昧
在居民区里无性繁殖
鸟鸣双目紧闭,像是遗弃的口罩

倒春寒的门神,左右为难
纸糊的风筝被鸟鸣浸湿
纸是塑料的先辈,而鸟鸣成为春天的
孤儿,跌倒在楼梯口的锁上

度数降低,春天臃肿的酒瓶中倾出
的雨水
已经无法给大地消毒了

火 锅

拖着长刀的鹅肠,在火锅的江湖中
走走停停。我在蜀汉路
错别字搭成的凉亭里,辣不欲生

矮胖的女人坐在板凳上一边吞噬

辣椒,一边诅咒她破碎的生活
一边卖弄肥厚的假嘴唇

三个女人用魏蜀吴的发黄纸巾,掩饰
劣质的话题,和背景的嘈杂

抽烟的辣椒,在张松献过的地图上
再一次丢失底线,看别人埋锅
给自己造饭

蜀汉路上散步的关羽,被聒噪砍一刀
脸便红一分
我看见关羽被吃火锅的女人,剥成
一枚赤身的辣椒,羞愧得
假装写诗,读春秋,然后身首异处

夜行货车

夜行货车粘在高速路磷火状的身上
路的长短
决定车厢内鸭子们拥挤着的寿命

长蛇一样的高速路伸进更黑的暗处
两边栅栏的鳞片
把欲望捋得很直,套在
货车的脖子上

名人故居闪亮的标牌,被后人的嘈杂
一个倏忽,抛入
鸭子们羽毛的喧嚣,并且混为一谈

谷未黄作品选

谷未黄，1959年生，湖北武汉人。出版诗集《月亮遗址》《与蚂蚁谈心》等十几部。

被光抓走的人

有人敲门时,花不敢开
花都关闭着,但有些颜色要从花蕾的裂缝里
挣脱出来,这些淘气的孩子
衣裙单薄。有谁愿意与我同行
寒冷的冬天,很多树的牙都冷掉了
这些稚嫩的花朵,举起手来,我们去讨伐
去讨伐谁呢?有骨气的水在北方填平了道路
这个时候适合辩经和闭关修行,你们
却像鲜花那样怒放,并且
"要提到爱,爱里有高高的柱子,有潮汐。"
我们创造了许多神秘
尚未开始审判,生命就已到期

人类是被设计出来的
—— 致梵君

山寺旧了一些,远了一些,而你人间的
水声再次明亮,如浮名,如虚誉
沐浴着,愿意染色的树木
夜在我们不在的地方,我们看到的浪
其实是很多人的身体,我的祖母

属于浪的预感,比水赤诚
像如此多的水,哭泣,显露出她们的锋刃
舒展在我们身边,如同光,变化着形体
走近些,可以听到水的身体都在呼吸
有形的想法,没有重量,没有居所
随遇而安。
但是延期偿还的时间,尚在杀善
代替你的,是我屈服的国土
没有人可以隐藏起来,它把我们培养成武器
"更艰难的日子来临"
然而,我们所在之处一片光明。

身体的代价

我们被搁在一边,即纯粹的尘埃。
"不应由我来判断人们的召唤"
他们在谈论即时的、瞬间的自我,生命的原生质
无以名状地颤动着。他们参与了生命变化
即生物变种的实质,那些流动的化身
以及在转化中暴露的虚无和腐败。
对于行猎的人,月光的亮度是有用的,是逐渐
磨损的工具,尽管月亮还没有被驯化过
它的触角洁白如砒霜,总被世人引用
这卑微的奴役耗尽温柔,一旦
不能继续使用,就被丢弃
然而胡萝卜家族庞大的土地上

萝卜们，顶着黑夜，把自己的坑
变成粮仓

蚂蚁被沉重的空气压着

每次接近岁月，沉重的空气压着蚂蚁
你调低了月光，从远处，搬动我的影子
而不触碰它们。这片月光曾经
像一封母亲的信，投到父亲的病床前
比落在地上的草帽肥沃，多重啊，父亲伸手
捡了很多次，都没捡起来
他无法放弃。他们只能用手影交谈。
而我看见天空晾着许多床单，喜鹊飞来飞去
我把天空翻到春天这一面
新的皱纹里全是人类和雨水在交配
在我的脑子里，始终有一个穷鬼。我无法把他赶走。
我究竟保持了什么
感到自己的生命被别的生命推动
武装起来的明天，我们真的离开了贫穷的日子？

与菩萨聊天

过去的时代对我来说不是一个仁慈的环境
"我们消灭了贵族，却剩下了流氓"

有人对全球格局和未来的趋势做了预测
当下所面临的最大危机是
人性危机。其中一个细节例证
一位卖白菜的老人，一次次努力地俯下身子
护着地上被践踏的白菜
每次都被人一脚踹倒在地。老人挣扎着
爬起来，再被踹倒……
一位自食其力的老人为活命
在努力挣扎。菩萨，现在他跪在你的面前
没有说一句话！别的香客衣着光鲜
求财，求福，求生
而他，一句话都没有了
一直跪到，与菩萨的表情一样
你真的不感到羞愧吗？

阿占的白桦树

如果不是白桦树那白净的皮肤
引走我的倦意，东北平原铺垫出来的意境
望山跑死马，像是给坏人的控诉
直到地面上现出清晰的路
那是凤凰山的溪流，源头究竟
蜷缩在哪个峡谷
枫叶衬托出来的白桦林，那一抹胭脂
用浓重的孤独屏蔽了鸟语
森林里的绞刑废除很久，在欢宴之外

一棵白桦树在溪边汲水
她抱着的是鸟巢
还是陶罐,我们是相互信任的
阿占,阿占,溪边的白桦树这么挺拔
山上的白桦树却那么谦卑

稻草做的人

通过最高的虚构,生命对它来说
只是挑在箩筐里的两个嬉戏的孩子
这些稻草毕竟不是纸上的产物
没有受到各种乐器的影响,风吹的声音
远远大于行走在田间小道的哀乐
稻草人那一身暴凸的血管,多像我的父亲
一个来路不明的人
在我们的世纪,稻草是睿智人独特的例子
它总是与它所处的时代保持沉默
它们是一些被收割过的人
被脱粒过的人,持久的秘密是昔日开花灌浆
带来的,不像苦役的父亲
他把我们所有的童年,都结束了

对一粒米的审判

柏拉图有关洞穴的寓言,局部沉默的稻田
发现人类之间新的分裂是如何产生的
便悄悄地贬低他们
现状之间,共生与互动,前所未有的反差
孕育粮食的契约现在受到质疑
黑暗与野蛮来自欧洲内部
野蛮和政治暴行是人类事务中的流行病
历史学家这种想法也许有些虚伪——
没有时代可以幸免
对卡夫卡来说,孤独是重要的
"我要不顾一切地得到孤寂,我只有我自己"
甚至那位表演绝食的饥饿艺术家
因为职业的荣誉感阻止他吞咽任何食物
好像连自己的自由都不惦念了
他在野兽表演的间歇中
把当众表演作为生活的主要目标,现在
却开始视为畏途
我们显然在淡漠职业性的禁食
绝食和我们有什么关系呢

臧思佳作品选

臧思佳，1985年生，现居北京。出版诗集《橄榄树的红果实》《住在云朵里想你》《爬上云朵采阳光》，长篇报告文学《极殇》《丹心》。

用一粒秋麦饱满泥土的芳香

像尘封的古老手艺,被月光再次擦亮
一颗麦穗上滚落泥土的几滴芳香
饱满了整片大地的衷肠
黑色,如此透亮

麦芒,是农民征战岁月的矛
也是缝补日子的针
总要有懂农业、爱农村、爱农民的裁缝
跟麦穗一起弯下腰,才能
在掉到山谷里的云朵上穿针引线
为每一片土地量体裁衣
把中国人的饭碗牢牢端在自己手上

麦香温润流淌,灌溉出一村一韵的声响
和声响里往返在历史与未来间的
一道亮光

再多一滴就太满了

一滴残存的梦,在月光下摇曳,再多一滴
就太满了。每片胆战心惊的叶子

都踮起脚尖,泄露出一个季节的哀怨
她仿佛就要支撑不住心中的泪水与忧伤
我祈求过往的风,轻点,再轻点
每一次轻轻的晃动,一颗心
便存在支离破碎的可能……

告诉迟来的归人,如果你不来
我已经秋风萧瑟、雪染双鬓
独自凭栏的泪水,与相思
如果再多一滴,就会顺着微风轻拂的草尖
在每一个清晨的枕畔,轻轻滚落下来……

满树人家

一季枯枝撑起满树人家

国界在诗意的水波里
跟江水一起摇醉
那迟归的渔民戴上斗笠
正好点亮岸上的木屋
和屋顶的一声鸟啼

乌鸦的嗓子里盛过神坛,穿过红墙
年迈时裹紧一个家乡
无论飞向哪方
都是一棵枯树的模样

我的身体里起了一场大雾

从南方冬天回来的人
装不下一片雪花
温热的身体里起了一场大雾

隔夜的风已吹不动枕边风铃
像雾的趁虚而入,毫无戒备
这让我常想起一个画地图的兵
巨大噪音中铅笔划过纸面
把整艘船艇都划空了
我便盯住那笔尖
是期盼还是恐惧它穿过弯多道窄的河段
扎破我身体里的雾
那些不肯暴于阳光的心事
被逼上歹徒刀尖?

笔尖向我画来
一条鱼在湄公河的背面穿梭
澜沧江大桥替巡航艇上的钢板实现了晾干自己的梦
我的心却紧了一下
这一笔是佛丢进水里的那颗珠

在前所未有的清晨里

在前所未有的清晨里
写着最后之诗

一张张搬运,像掀起阳光般,把长方形的钢板
运到时光背面
一次次搬运,环形的光阴在水面落下又弹起
湿润了下游的船歌
一箱箱搬运,盛装信念的行李啊,如今满载
四国平安而归
流水里的故事,流水为我们翻译
一次搬运,就让万千橡胶树长出胶碗的弧面
一次搬运,就让千米湄公河安睡成婴儿的模样
搬运,这个动词,在这个清晨有了形状

在西双版纳,风也锻造成巡航艇的模样
露珠反射的威严令蚊虫害怕
那就再热血沸腾些吧
谁也偷不走这片大地的体温
在前所未有的清晨里
在最后的诗行里

水

水,本随遇而安
有时它藏在一片云朵驮起的阳光上
有时它藏进手心里翻滚的稻香

有时他们成群结队,在一根指尖的河流里流浪
一声雷鸣,让水草柔顺的长发
长出无数箭头,身残志坚
为岸指明了流动的方向
像母亲越长越长的白发
再一次孕育逆流回襁褓的我

没有水的东西
流不成沸腾的生命
像流尽血液的战士,只能用狐死首丘的姿态
守望母亲河的喷涌
于是
河床微微睁一下眼,就让
一条义无反顾的河,在经年累月之后
捧出新生的浪花
欢呼雀跃了每一位隔岸观火的捕鱼者

河的流向是水的命运
水的柔韧是血的性格

这一地赤水,用归根的落叶使自己受孕
分娩出一个红彤彤的春天
涌动东方

盘妙彬作品选

　　盘妙彬，1964年生于广西岑溪，现居梧州。毕业于广西大学中文系。参加《诗刊》社第20届青春诗会。

樟木的命中有过鸟儿

樟木跟着木匠不知去了什么地方
樟木的枝杈
在柴堆里
一柄锋利的小刀找到它,削皮,打磨,香气跑出

一个上午
我复制童年的一把弹弓
弹弓交到儿子手上
七岁的他又复制我童年的快乐

木匠取走樟木,光阴抽走少年
樟木的命中有过鸟儿
飞走了
现在,它的枝杈做成一弹弓
中年的命中会遇到一只鸟吗

今日得宽余

过了山坳流水走西
白亮的乡村公路沿河谷蜿蜒
一个飒爽的秋天在山野呈现,木叶翻滚黄金在叫

远方是水光，一座水库收尽山色
我们停车，吃酱果，看猎猎的枫树扛着红旗呐喊

喜悦，干净，天地澄明
豁然开朗的人生，我们开怀大笑

山谷回应，一群鸟儿不知有人
从黄金中惊飞，把黄金抬上天空
而我们不知有汉，无论魏晋

心境与天地一体
金色的风，金色的流水，光阴一丈一丈，今日得宽余
一万年太短

鱼与道

水婀娜在河里，风婀娜在竹子上
天气很好，一座木桥通往古代
远山浅蓝，散发着浅蓝的时间的味道
桥之韵在风中，风韵在水里
我坐在河畔，与一条鱼相守

婀娜的一条鱼，它一看到风就危险
而风正从我内心送出
吹向骑青牛的老子，过一段时间，又吹向庄子

在另一条清澈的河里
老子和庄子没看到鱼,看到水比清澈更清澈
其中的道,非常道

风将吹过远山,返回唐朝
韵将回到宋代
过了木桥,一条大道朝天而去

今天,河里种鱼得鱼
今天,水中种道得道

寻 人

……没有开头

瓶子里的花袒露得十分自然
不知是门没关,还是窗敞开
进来的光线毫无拘束地询问每一个细节

花瓶下,桌子上放着几只熟透的果子
还有几瓣切开的果肉
暗示一个金黄的秘密已不复存在

花和果
之间不是缺一棵树
而是缺一个人

石头的慈悲

谢鲁阁国家公园里的石头是垂直的
要么落下,要么向上
穿过石头修一条公路贯穿东西,叫横贯公路

一些从大陆来的人
修路时在这里遇难,名字刻在深谷的石头上
冰冷,难见天日,比如一段历史

沿着石头向上
我登上海岸山脉,眺望太平洋
太平洋坦荡,一无所有,包括政见,包括历史

是对的

闲下来看清风的人少了
懂得叶落的人也不多
他们很忙,设饭局,会权贵,做买卖,数钱,升迁,他们是
　　对的
他们土豪,坐飞机,玩游艇,住五星酒店,出入高档会所,
　　他们是对的

白云山上,我向僻静一隅
松林下的木椅上酣睡,我向自由和清风
白云从天边走来,湛蓝湛蓝的脚步由远而近,是对的

一个老人坐在山腰听到叶落
孩子们听到花圃里一群蝴蝶追逐,欢笑,尖叫
迷路的听到虫鸣
手拉手的一对男女听到鸟儿在枝头跳跃,呢喃
一张白纸听到风声,是对的

闭上眼睛,清风带走肉身
自己会死去一段时间,是对的

一万年余

是日,我躺到沙滩上,一块空净的蓝盖过来
一万里余
我的旁边,江水搬走上午
我从白白的沙滩走回一张白纸

一块空净的蓝,一动不动
在沙滩上
之外是出窍的魂,远山,村镇,几只黄橘子
江水搬走下午

我躺在沙滩晒太阳,不知终日

我吃掉了几只橘子
还有几只没吃，留在纸上

是日，一万年余
我不知自己离去
一张白纸不知有汉，无论魏晋
一块空净的蓝不知所终

马占祥作品选

马占祥,1970年代生于宁夏同心。参加《诗刊》社第28届青春诗会。获朔方文学奖、第十二届少数民族文学创作骏马奖。出版诗集《去山阿者歌》等多部。

写给你

此日,只是一瞬,时间刻度的轻舟已靠近西山
此日,我被深埋在字里行间,与你一纸相隔
琥珀色的汉字长着翅膀——我体内的废墟上
马莲花开,——果浆在此日刚好溢满

西安城

西安有个人,长发,瘦高个
西安曾经有这样一个人
不会念之乎者也。她说:我
有时是黑色的
有时是白色的。

那年,我在西安煮酒
喝胡辣汤,拿一把黑伞
没有遇到押韵的人
在友谊路,我是孤单的
看过的石碑上都写满了繁复的古代字

要是长安多好。沿途不会遇见
法国梧桐。骑驴的诗人们应该走在

结伴饮酒的路上
我可以陪着西安的这个人
喝茶饮酒,说几句跟朝廷没关系的话

我想,要在西安唱的歌是
"去年今日此门中,人面桃花相映红"
可拍板,可吹笛,可方响
我们互相看看,或者
面带微笑,没有对望

傍晚的想法

傍晚的灰色系是迷人的
寂静,清晰,而且有树木在摇动
山比较邈远,水依旧空阔
我说的话:哎,无人可谈大海

这北方气象:坚硬的修饰词如石英石
即使暖风吹来,也不能开花发芽
我得走出去。稀疏的星子逐一隐藏火焰
我有惆怅,也是灰色系的,像麻雀收拢的羽翼

夜 半

咫尺之间,无话可说
两栋楼之间的空白,很重,也很远
白天被遮蔽的星子其实还在
我在一本书里,看到你
也看到一堵厚实的土墙
哦,原来天空的漏洞有那么小
露出点滴清白
鄂尔多斯边界线就在那里
光亮照在一本书的第三页
我读到你留下的寂静

原壤歌

山川高呐,高过月光
月光清凉。一朵野棉花
烧着绿火焰
红柳提示河流
铁线莲开在山腰
我在八月听到的歌声太陡峭
——"山里的山丹山里开,川里的马莲是韭菜"
你看,西风已经吹开天空的花朵

露出贺兰山巅上的圆月亮

山　谷

山谷里有唐代的雨，槐树和莎草都活在中世纪
一个一个排开的虫豸，是蚂蚁的急行军
它们对白云是不屑一顾的
不至于用自己的黑做细小的照应

蚂蚁在现代。雨水的年份久远，落在地上
自己消解自己。山谷里藏着世事之外的景象
没有出处的石头，不在乎春天绿，冬天白
一动不动地守住内心

山谷会收容一些细小、局部的玩意儿
将光芒埋下去，夜晚的黑也会埋下去
风是局部的，也是有限的
跟人间的热闹没法比——它在山谷深埋着低低的安静

一个下午的章节

无人可等，傍晚的太阳就下山了
云堆积在一起，我只听着风唱歌
一日之末，湖面上的水鸭，都找到了自己的影子

灯火阑珊处,县城里有人还在数着星星
那些合金的星星,白光外有好看的黄晕
大的大,小的有线形标识

我等的人在小说里说话
她的叙述是直接的。我还没说出她的名字
一轮圆月,就提着河流走到夜空,不徐不疾

想起某人不能释怀

清水河向北流,我也向北去
三十里外,前红村边躺着那个人
一边有流水,另一边有起伏山峦
都是好景致

宁夏的风就这样吹过去了
我想象自己站在高处
能看到一小块地球的形貌——
腾格里沙漠刚好油画一样铺开

有花的地方,是小地方
我向北走得仓皇
小县城的一角忽然陌生像异乡
我想起某个人,不能释怀

地址：亚尔玛尼

有只鹞鹰在山间飞：它的影子
埋伏在地上。同样是香茅草：有的在山下
有的站在山巅——它们无权表达风的走向

我在亚尔玛尼的病症是使用了形容词
记在牛皮纸页上的地址早已模糊
像是我老年的嗓音，诉说以前

我曾看着亚尔玛尼的山峦
找不到修饰的词语
云朵的细节：越接近落日越像火炬

我能记住的是：槐树有巨大的树冠
叶子飘落在十月
像一封写给某人的信，地址斜躺在山坡上

梅依然作品选

梅依然,70后,四川遂宁人,现居重庆。入选重庆市首批"巴渝新秀"青年文艺人才。著有诗集《女人的声音》《蜜蜂的秘密生活》等。获《诗选刊》中国年度先锋诗歌奖。

感 觉

我能说出痛苦的颜色,蓝色间隔红色
我能说出幸福的颜色,黄色中蕴藏着绿色
那希冀的河流。我能说出我肉体的颜色,那是灰烬,是消
  逝。
我能说出很多事物,但是我还弄不清楚它们的作用。需要
  吗?
很多时候,我都是在自我感觉

虚 无

在痛苦中,我想找回的是自我。
    ——玛塞尔·索瓦热奥

我在黑夜的大剧院
寻找我的座位,空荡荡的
大厅,一个人也没有
一个个空空的座椅
似乎都是属于我的
可是我知道
只有一个是属于我的
那么多的空位置

哪一个位置才是我自己的
很多时候
我就像这样
为自己的灵魂感到茫然而无助
它像个少女那样——
仍然在找寻生活的意义
和自我的存在

时间咔咔作响
到死为止
还是到死也不会结束

未　知

这些葡萄不是孩子的瞳孔
不是爱人的眼泪
它们是
一个个长夜的等待

我知道　有一首诗足以
抚慰我的灵魂
有一个人　值得我用尽余生
为什么我要哭泣？
金色的稻田在田野里燃烧
回应着我那如含羞草一样的热情

群峰之上
我少女般的嗓音
像一片陷入久远回忆的灌木林
发出的呼喊
坠落于河流经过的峡谷
有没有一双会讲故事的手掌
将它捧起
哦,还有没有一种新的痛苦
让我生出新的孤独

风吹来时
我已感觉到我异于昨日的陌生

在痛苦中获得完整

肉体是你的,灵魂是我的
肉体是你的,灵魂是我的
我们以爱的名义做了短暂的交换
"你仍旧是你的,我仍然是我的"
爱到底是什么
我感觉用我的一生都无法完成
而那些厌倦其中滋味的人们
已开启另一段旅程

秋天早已来到眼前
我还辨别不出它是什么样子

只知道
当我独自穿过我曾经生活的小镇
我仍然徘徊在爱的迷途中

爱到底是什么
现在难道不是一间曾经有四个轮子
如今缺了两个的房子？
而爱缺失的生活
还是生活
那放在衣橱底部的白色蕾丝花边裙子
有过迷人的夏日

我不忍回忆
又总是忍不住回忆
我在痛苦中获得完整

爱

现在
我可以向你诉说什么呢
我在等待你的礼物——
我一直都在等待
一种孤独和痛苦的到来

我们的记忆
从最初的地方

像一条笔直的路的两个方向
古老的白昼和暗夜
蕴含很多内容

我知道
我们沉重的肉体意味着什么
仿佛是一间幽暗的储藏室
等待着光的充满
一枝带刺的玫瑰,寻找
一只渴望的手
一棵孤独之树的阴影里
栖息着孤单的鸟鸣

已知的时间拖着疑问的列车
咔咔而去
我们什么也不做
我们就是用来被辜负的

空 山

秋天的雨
像无数的词语
堆积在每一个值得
怀想的屋檐下
像光线
铺满夏日遗留下来的田野

谁会扬起一张湿漉漉的脸孔
走近我
时间的声响犹如童年时
栽种的树木在山谷摇动枝叶
由远至近,由轻及重
穿过我
我站在风吹来的方向
仿佛是葡萄园里最后一棵苹果树
伸展着回忆潮湿的枝条
却并没有回忆
也不想起任何人和其他事物

我保持我的孤独

李云作品选

李云,60后,安徽怀远人,现居合肥。作品散见于《人民文学》《诗刊》《中国作家》《诗选刊》等。有作品入选多种选本。出版诗集《水路》,小说集和电影剧本多部。

过切木尔切克镇

疲惫的江南，跌跌撞撞
踏入西部的土地，梅雨在戈壁滩前止步
不远处一个普通的西部小镇，馕一样卧着

一队送葬的车队　缓缓的
所有的车都不会超它，向死而生的哀曲
高过天空也低落尘土
不同的坟茔，这会儿
被柏油公路刺刀般阻隔，只有鹰在这两边飞来飞去，好似传
　着什么信息
其实，亡者们一定会在地下握手，吃肉

羊和牛的队伍倏然滞住速度，让谁都慢下来，小镇丢出一声
　鞭响
它们是这里的主人，蹄声踢踏踢踏
此时，我还没有看到小镇真容，我知道我会看到

路边，一位戴着真假金饰和宝石的妇人是该去小镇的
风撩起头巾和一首维族民歌，唱着唱着唱着
几位走在后面同样去赶集的汉族、回族汉子
也随她唱着，这是去镇上的途中
只是他们不搭话，只是唱同一个旋律的歌
只是我听不懂

在切木尔切克,我买来治眼疾的疆药
让我眼明心亮地看到阳光的暖
我喝两碗羊肉汤,驱散我心底的冷
这是五月去布尔津的途中

月

我说我来自月的故里,你信吗?
不信!但这是真实的坦白
我真的是它派来的遣唐使
这不仅是唐诗宋词元曲小令的叙述和传唱

我知晓你的背面里的秘密
暗夜和暗物质、情感的暗
是等于、大于、小于的关系,还是 N 次方
只是不能说明
多难呀!月亮,大在草原和江河
小到井底和碎镜,一声叹及长啸

我们此时是光年的语境,真相
均在纷纷坠落,从月牙的牙到满盈的皎洁

再说一次,我真的是从那里派到此地球的使者,月幔、月
　陆、月海
榴辉岩上均有我的脚印和呼吸,并一定会亿光年地有着留痕

在那里
不然它影响大海的潮涨潮落的同时
怎么会牵动我月月的兴起和萎靡

月呀！如果我不归回
你就寂寞睡起
我一旦踏入归途，会以闪电的速度

一　切

一切都是循环抑或因果

隆起的山峦和雪峰　都
拥有大地的乳腺　出发
从树根和草茎的脚下

小溪变成河流、湖泊、大江
缫丝者、挤奶工、捣浆人只能是大海

收留所有逃亡到此的灵魂
还有草籽和朽木、沙砾和蛙鸣

然后沉淀一切并上扬一切
上升的物质留下盐和鲸久远的抒怀
留下蔚蓝的旌旗在撒野地飘扬

白云出征了遇到轻音乐就风暖日丽
邂逅摇滚和重金属音乐　天地之间
就会电闪雷鸣大雨磅礴
最后再归于树根和草茎脚下

一切都是循环抑或因果

和人类诞生、成长、别世一样
宿命同在，不过是
骨变成灰，血流成水
蝌蚪在水里逆流而上

蜜　汁

花蕊的心思只有一根针才能
戳破　惊天秘密在黏稠的河床流动
琥珀生成的模样

千万花魂飞舞的心跳
最后沉淀为童年的微笑之色

多少次金翅振响催萌了季节的艳梦
金子打造的殿堂和金丝纺就的光线
从一朵花到另一朵花谁驱动一座金山在飞

花季里的花事过敏了多少人的目光

养蜂人是被花下了蛊的人

我只守着一勺黄金
不语　听窗玻璃被谁嗡嗡嗡地撞响
一下二下三下……

残　简

乱箭穿心后的死寂　在朽
寸金之地上刀斧和鼓鸣已经哑然

旗帜被焚烧的血气里有马倒下的轰然
流淌在水银上星辰和月亮没了灵性

经世致用的药典和宫斗的秘密
用墨和刻刀划过如黥面的囚徒

用上香的双手虔诚地捧着如执笏板
上不了朝的日子比上朝的时光要长

散落到草地或厚土里　记事的绳线
断了，还有一些人吟咏和拍栏之声
咳嗽不止留下以及袍裾拖沓的窸窣

竖起是立着碑和枷
横放一座驮尸的浮桥

灯灯作品选

灯灯，1977年生于江西上饶。2018—2019年度首都师范大学驻校诗人。参加《诗刊》社第28届青春诗会。出版诗集《我说嗯》。获《诗探索》人天华文青年诗人奖。

命

以命换命，刀斧劈檀木
檀木以伤口，换重生之命
飞禽走兽
各行其道
各受其困
花香旁，都有肃穆的哀伤
都有无力抵达的地方
我们和它们，并无二样啊
我们和它们奔波无二样
酸楚无二样
我们都是命依着命
恐惧挨着恐惧
雨水闪烁如刀斧重现，蝙蝠带着古老的训诫
穿梭大街小巷
而燕子，燕子带着汉字的平安符在飞
每一只都在写：
我们要活下来。

善的信心

水在水中呼唤我，我一眼认出

就是我化作流水的父亲
反光镜里追逐的群山,落日
我一眼认出,仍是我九月的父亲
到了乌云界
白云把我送至山脚,不再向前
我一眼就看见
父亲,端坐竹山之上
不受乌云困扰
对山下的事
了然于心,我一眼就认出清风、碧雨
不是教诲
也不来自别处
它仍是世世代代,父辈,父亲,以及我:
对善的信心。

哦,马德里

我就在想,低头觅食的戴胜鸟
令湖水顿生波澜,止不住的雨水
也令湖水
再生波澜
白鹇鸽在水边的岩石上
把春色搬进眼中的阁楼
很多次我都以为,这个春天,雨水够多了
像责难
更似良知

婆婆纳把戏台搭在石缝、田埂、溪涧
多少次我以为
我和你
怒,从怒放里来
诗,从诗经里来
多少次天地大,我们小
白鹭在沼泽地,白衣护士般
为了呼吸机发愁

……再远,我都感到了疼
再近,我都没有变成另一个人。

关于红……

红花继木的红,和映山红的红
是我熟悉的红
春风中,伤口四溅,为了春天的事业
义无反顾
我已倦于世事,闭上眼我都能看见
春风中自有审判:
红腹红尾鸲带着相同的红,飞进春天的内部
(春天的内部是什么?)
戏台上,红脸,白脸
红脸白脸中,朝代更替
又过运河,遇碧桃,它红——

红得唯唯诺诺，红得像红的
远亲，春风中，流水之上
每一天
都在丢失身躯，每一天都不知所踪
每一天都在问，红
是为了什么？

我原谅它亦如原谅自身

一边，是自我救赎。
一边，是寻找归宿。

笔　画

晨钟暮鼓，流云飞渡
流水每写一笔，下一秒就会被自身否定
通泉草继续开放，一直要开到坟头
带来父亲的消息
我是听见了，灰斑鸠和喜鹊说的
是同一句话
我和你没有说的，也是同一句话
流水继续在水上写字
写"人"字
写"活"字
每一笔，都工整，虔诚，敬畏
每一笔啊，都用了毕生的力气

都消失得干干净净

……我是看见了

父亲,你要对我说的
我,也听见了。

李志勇作品选

　　李志勇，1969年生，甘肃临洮人，现居甘南。著有诗集《绿书》。

冬 天

冬天的脸庞,有些时候,泪水甚至也能
成为雪花,慢慢落下,盖住书页、桌子
风已不再吹动额前的那些头发
冬天的空气,给街道上带来了
雪花碰撞铁钟的轻响,和铁钟碰撞万物的轻响
——你穿过街道一个人走着,房子里
大海正颠倒着放置在你的杯子上面

河 水

河水,夜里并未停止流动却还是结出了
静止的一层薄冰
一个孩子白天掰下这冰块放入嘴里,品尝的其实
就是河水的静止
冰块洁白、寒冷,也适合放在一个人的遗体周围
在高空中,星星在静静闪烁,狗偶尔才叫几声
整个冬天,真正有力量的神灵,基本都在
冰块下面支撑着冰块
牛群、羊群因此才能慢慢在上面走过,并知道了
河水本身,在里面就存在着一座坚固的大桥

傍　晚

月亮，很可能是天空每天分泌出来的一种东西
并在分泌时始终都伴随着阵阵痛苦
其他的，国家、艺术和所有语言，则都是构建的
一匹白马走在路上，一堆灌木
在风里摇摆。路在变黑。山顶上全是白色的积雪
蓝色仍然保持在很高的地方

上　山

高处可能才有平静、安宁，我们送一个人去他的终点
汽车仍要见红灯停下绿灯行驶，驶入那条上山的公路
夏日的天空，有着可以作证的公平、干净的蔚蓝
痛哭已经停下，在灵车上，也没有人说话
汽车所烧的，是我们的血，它行进在半山中一条
灰色的路上，它几乎就要驶入天空

下　午

有一个人甚至都不知道自己已经死了，感觉

自己还在路上走着,要去办事
正是八月,白色的云朵,携带着太多的清水悬浮在天空
一排房屋静立在阳光之中。你如果在这里
大喊几声,那个人也许
就知道自己已经死了,而在那里静静站着
知道这是一个下午,他在地上没有影子,他已不存在了

屋顶上

屋顶上除了鸟鸣,似乎还有一面旗帜
在风中呼呼作响
已经死去的人,都在屋顶上空化成了云烟
只屋顶上,有一种环境,能远离现实

同时还保持着事物的真实
屋顶,可能是另一个更为寂寥的平台
适合一个人伫立,眺望原野尽头
无人在广阔之处争辩,更多的都是沉默

旗帜却能更为舒展,向虚空发出声音
一年年,屋顶也在升高,可以看得更远
随着屋顶的升高,远处的风景也都升了起来
已越来越接近地图上的样子

磨 房

我拆卸着一座水磨房而寻找着童年
村庄、树木、阳光仍在原来的位置

有人曾俯身,从磨眼里面观看到了
极深处的阴间的场景

没有什么从磨眼中喷发上来
也没什么在进入磨眼后能保持住原样

鸟在高空中摆脱了。但鸟的翅膀和磨盘
都为着同一的目的,在那个小山村中

中午安静,阳光下,可能
只是人呼出的气息推动磨盘转动着,之后

磨盘带动了河水向前流动着,然后我才在
水面上看到了有着杨树、云朵的平静的风景

枝头上

鸟静静观望着一片空气,找着里面

可以起飞的地方。我们，则观望着空气里面
维持我们生命的地方，上面堆满了东西
只风能展开翅膀，从那上面越过
在中午，当它越过时，它只维持着它的高度
只空气，维持着我们的生命，维持着周围的世界
不让它在某处崩塌下来

草棚下

在草棚下一匹红马全身被绳子吊起来，它的一条
后腿被摔断了，还在治疗。一只公鸡
在院子里转悠着。这都是必然要发生的事情
一个男子，每天都强行地给那匹红马灌接骨鱼吃
他接受的是一个世界，而他理解的则是
另一个世界：马吃着鱼，鱼连接断骨，他要抓鱼
公鸡，则一直朝着世界之外打鸣，它唤醒了
虚空，因此，天空中才有了一阵风，可以吹动
云的骨架，正让云从一种动物，变成另一种动物

东涯作品选

　　东涯，70后，山东荣成人，现居石岛。作品散见于《诗刊》等。有作品入选多种选本。获泰山文学奖、青年文学诗歌奖等奖项。著有诗集《侧面的海》《山峦也懂得静默》等多部。

在雨声里

一下雨我就想起你
被鸟鸣舍弃的天空就有光闪过
仿佛通灵术的媒介物

我爱你,已经爱到希冀的顶点
这才有一滴雨又一滴雨
从灵魂之巅坠落,带着破碎的珠玑

一场雨的情感色彩
不在于雨滴相遇时所焕发的光辉
以及它所制造的
雨滴廊檐的意境,而是在于

它压下升腾已久的燥气、尘埃
倦意和哀伤
靠近石头的纹理,又用泅湿
模糊了悲欣的边界

藏身在雨声中,我想起卡佛
听雨时的自我发问:
能不能从头再活一遍
犯下一样不可饶恕的错误?

我知道如何作答,也知道
我体念的是什么
在雨声里想起你,这是近乎幸福的事情:
不对悲苦再置一词,天地间
升起无限的宁静

积雪覆盖原野

积雪覆盖原野
风有形,鸟兽无迹
我望向远方,其实望的是刺白

望的是虚空,望的是
隐身于冰雪之间的智者——
青灰的树木枝丫分明

那一抹抹疏影,那永无止境的独白
让冬季的原野有了灵魂
还会有新的雪落下来

这个世界,终归是我不知道的样子
但总有什么值得期待,就像树木
还会长出新叶,冻土年年孕育着种子
就像忏悔滋养着罪愆

而爱情,永不疲倦地滋养着背叛

却仍被孤独的心灵渴望
哦孤独，这被黑暗磨亮的刀子
则用寂冷的光辉滋养着
新的生命在危险中创生

霜　降

有什么东西被重力拽下来了
落在梦幻之外的地方

在北方，树叶始于今日变黄
而南方的桂花，香气越来越淡了
一切都在使用告别的句式
一切，都处于力的矛盾之中

引力将海水向月亮耙拢
离心力则将它扫离
那些让我们飞翔的光，暗了下来
那些让心口温热的火
也悄然转凉

当蛰虫咸俯，凝霜压低了星球
一切都将在定律中
沉寂下来，"有爱的故事

也会在爱中寂灭"①

但万物生而有翼,如同这凝霜
终将变成一种新的力量
它同时构成宇宙的重量

我所热爱的

树叶红了又黄,落了一地
风一吹就翻卷起来
像你不再爱我时,从我心口飞出的
伤残的蝴蝶,像你转身离去时
带起的一阵风

没有叶子,目光就空了
光秃秃的树木像巨大的伤口等待愈合
是什么让我们走近又分开?
时间缄默不语,但它深谙一切

而这些叶子,可曾想过永恒?
就像我们的爱,我曾经以为那是我能抵达的
最后的远方——
那么遥远,那么亲爱

---

① 鲁米诗句。

就像这些叶子，纷至沓来，又渐次而去

我所热爱的，已经越来越少了
渐渐空下来的心，盐渍漫溃，落叶群飞
这是生活赋予我的
一个盛大开始的仪式，在落叶无声中
悄然结束

黄沙子作品选

黄沙子，1970年生于湖北洪湖，现居武汉。获第三届硬骹诗歌奖、第六届或者诗歌奖、第十一届柔刚诗歌奖入围奖等奖项。著有诗集《人世间不一样的美》《不可避免的生活》。

月　亮

你愿意相信我，这是我的荣幸
我正在被自身的重量压垮
这是我不得不告诉你的一个事实
是的这只是事实之一而非全部
肉身在下坠的同时灵魂却在上升
随着年龄增长它们一天天地
错失相互融合的可能，也许你觉得
黄昏就是连接白昼和黑夜的铁索
黎明是占领者插上城头的红旗
你觉得梦境是另一种现实反之也是如此
你觉得灾难是成长的必经之路
这些我都愿意相信，对真理的不同理解
让我们拥有越来越多财富因而
日渐肥硕，像那只摇摇晃晃地挂在
天空的月亮其实时刻都在担心
坠入光明深渊之中的一刻就要来临

富有与贫穷

被树木包围着的墓地是富有的。
生长在墓地周围的树木

往往也更加茂盛因为它们
能够获得充足的养分。

祖母和死去三年的祖父葬在一起,
他们由此击败附近几座孤单的墓地。

而这给我们带来的好处是明显的,
我们有理由相信
不论世事如何高低,不论集市里
驾着马车的日子如何纸醉金迷,
贫穷的生活我们也过得起。

它也曾白如银子

有些事情可以一遍遍地做
比如吃饭,睡觉,用抹布将书架擦洗干净
那大地上站立的人群默默等待的黎明
覆盖公园和沼泽的圆叶植物
今天它们来临只不过是昨日的重复
甚或说我粉刷完墙壁
不过是为了它再次迎接变得肮脏的命运
就像我刚住进来时它也曾白如银子

错　觉

夜晚的房子看起来比白天小一些
但坟墓看起来变得要高大一些
我不知道该怎么向孩子们讲清这个道理
只好归于光线折射和内心的幽暗面积
好在孩子们很快就睡着了
我转身向守候在门外的大人们
交代第二天的工作，要准备足够的
食物和工具去巡视堤坝
以免连日的大雨毁掉我们的生活
这里聚集了村子里所有劳力
在黑暗中却保持着奇妙的安静
母亲则留在家中，她们压抑的哭声
即使隔着墙壁也能被我们听见
我不知道是否这不能释放的悲伤
加重了对眼前事物的错觉，我看见
那黑暗中不断放大的阴影和一个
被病痛折磨着的孩子为了安慰我们
正拼命忍住不出声做出的努力

比　赛

道路越来越泥泞，穿着胶鞋的脚
不停地打滑，我们需要奋力拔出一只
靠另外一只脚支撑着才能前行
但我们很快活，因为这场春天的
大雨持续了很长时间终于停住
我跟孩子们比赛谁走得更快
看谁能够更早到达墓地
已经有蜜蜂从树林飞到油菜花田
它们也像我们一样迫不及待
想要在空气中占据更多的领土
还有一头水牛无人看顾，自由站在远处
我带来祭奠的黄纸有些掉落到路上
很快被打湿后再不能使用
索性留下它们以至于看上去
像是有意这样用来给回程一个指引
孩子们终于赶在我前面赢得胜利
他们欢呼着开始追逐草丛里的昆虫
我注意到墓地周围模糊的足迹
像一道伤痕应该是我去年留下的

鸟　巢

我觉得很伤心只是因为
以前从未见过这么漂亮的树
我们站在那棵被称为乌桕的树下
红得几乎透明的叶子以非常缓慢的
速度在黄昏里依次暗淡下去
我和妻子的脸挨得很近
两只手臂紧紧地挽在一起
空气中再没有任何挣扎的痕迹
所有能够想起的人事此刻都想不起了
我们抬头望着仿佛有果实
随时会掉进我们口中
这是秋风已接近尾声的时刻
我们并肩跑完八公里后同时驻足
乌桕满树的红叶在万物萧瑟中
像火焰炙烤后的象棋残局
天边有一群鸟飞过去了
没有夕阳它们也飞得那么高
它们之中有没有一只像我一样
不是为了追逐光亮而是
将一起飞着的同伴当作了自己的巢

陆健作品选

陆健，50后，祖籍陕西扶风，生于河北沧州。毕业于北京广播学院。中国传媒大学教授。出版诗文集与书法作品集二十余部。

天花板上的银行

与往来的脚步，与车轮有关
与豪宅的解码锁，或晚餐
桌上的一盘番茄炒蛋有关
与舒展或紧蹙的眉头上
的本市新闻有关

但无论如何我都找不到
一种比喻能够与它相互取悦

它入口的大玻璃，已录下
高矮肥瘦，气色
把你的皱纹都翻开看了一遍

一伸手，柜员小姐
便熟知你的手相
甚至健康状况。你来
做加法还是减法，或者清零

哭着的人和笑着的人
相互看不到表情
姑且不论，你的卡面的磁条里
藏着一只老虎，还是一只老鼠

街道拐角

他站在这里,已经有一会儿了
车辆来往,尾号"8"的有七个
后面还会跟上来
人们的脚步一年比一年快

对面楼房的阳台,正从
自己的对襟袄中掏出几只鸽子
单元门里跑出两个小孩

他想,这条路比以前宽了些许
再宽些,市政处就会来安装
红绿灯,但哪那么容易

他想起自己年轻时,浑身是劲
那次在这转弯处,有意无意
和一个漂亮姑娘撞个满怀

前几天遇到一个比他还老的人
提着布兜,嘟嘟囔囔:我
平白无故捡来的人生,该还回去
他连忙退让。他想

他的儿子——另一个自己

每次来看他,都从那边的方向来
他冲自己笑笑。他等自己
累了,就转过身回家

云彩事件

邻近的那只鸟,不厌其烦
总唱四分之二拍子的歌
他大爷只想听四分之四拍的

入夜,他爬上树,用橡皮筋
把那鸟的嘴巴拴了起来
回到家,感觉心脏好受些

第二天一早,鸟儿刚想亮出嗓子
感觉不对劲。它甩甩尖喙,没用
它四下瞅瞅。没面子到要哭了

它并不知道自己有没有错
它认定,肇事者就藏在那
蹦蹦跳跳去上学的马尾辫中间

一根细细的手指,指了指
某个窗户,完全是偶然
使我的虚构像真实发生过的那样

好同志李白

云想衣裳干什么？它连
巴黎时装周的衣裳都不屑于想

云的边边角角，给一大堆
顶级服装厂抢去作原料
都绰绰有余。花也不想容
不羡慕美人两腮的脂粉

宝剑假如不在敌阵中画出
梅花万点，落日残霞
它也只是一件道具

李白昨晚说，的确
洒家不小心为小学课本，弄出
七七八八大而无当的文字
欠妥。我全按了删除键——

当时窗外现实主义的月亮
正娓娓倾泻在我二人
相对斟满的二锅头酒杯里

今天一早，我们改用庐山瀑布
冲豆浆。饮罢早早出门，车行

限号。九点,打卡。路上有点堵

在那东山顶上

每次读到这首诗,远方
一片空蒙。心就柔软,痛

想那仓央嘉措,他泪眼朦胧

东山是天下所有的山
玛吉阿米是天下所有的好姑娘

那幽幽的吟唱,吹拂格桑花
乡村,田垄,城镇的院落
那祈愿的哈达滋养你我

久病的他,再也无力
走陡峭的山路。玛吉阿米
也出嫁了,成为一个妻子
众多孩子的母亲
她的秀发被生活揉乱

千年的菩萨望着东山,未发一言

刘春作品选

刘春，1974年生，现居桂林。作品散见于《人民文学》《上海文学》《花城》《钟山》《天涯》等。著有诗集、评论集《幸福像花儿开放》《一个人的诗歌史》等多部。

风吹过

我喜欢那些沉默寡言者
他们心里肯定也有很多痛苦
但他们忍住了
我觉得他们是哲人
他们知道不欢呼，幸福不会减少
哭泣和嘶喊也并非必须
只要真正爱着。所以
如果有人逼你接受苦难，咬紧牙关
推开它！推不开的那一部分
就像他们那样
大大方方地认领下来

我喜欢这样的早晨
空气就是空气原本的味道，风吹过
湖面拂动一丝细微的波纹

消　逝

这个早晨有些异样
空气重得停止了流动，飞鸟消失
白色车辆在路上行驶着，但听不到声音

盒子里永久沉睡的身体
比这一切更空寂

你站在窗边,看着那辆
画着红色十字架的车
从人民医院方向开过来,向殡仪馆方向驶去
没有人哭,没有人送别,整个过程寂静无声
这叶身不由己的扁舟,正顺着空无一人的航道
漂向最后的大海

万物都是这样吗?
——仓促地来到世界,又更仓促地离去
如同漫天尘埃,因为引力作用
无声地,落在地面

悔恨之诗

总是这样:梦里跳出几个句子
醒来后就想不起来
这警告来得那么直接,又快速消失
仿佛过期无效的合同。
仿佛去年秋天的那个下午
你们姐弟在微信群里商量父亲的
病情,突然接到电话说
他已闭上了眼睛。
你曾有机会减轻懊悔的深度

比如排开兄弟们的争议，去省城
或者广州找更好的医生
但你怕麻烦和担责；
比如请长假坐在床前陪他聊天
告诉他各种生活琐事
和未来的一些想法，又怕耽误工作。
直到他嘴巴无法出声，鼻孔
插着胃管，动不动就发小脾气
你仍害怕和他一起过夜
常常借故躲在城里。现在你常想
回家找他，他的房间空空荡荡
仿佛从来没人住过。

空空荡荡

去年九月以后，你回老家的次数
比以前明显增多
但没有用了，你见不到父亲了
他躺在两公里外的盒子里
只有墙角的照片
证明他曾是这个屋子的主人。
当然他也可能晚上回来
像以前那样择菜，做饭，然后
斟半杯酒，心满意足地坐在餐桌旁
但是你看不见了。
每一次回去，你都会找理由

进他的房间，比如找棉签、指甲钳
或者看看有没有好吃的水果
实际上你什么都没有做
只是在里面发呆
去年天冷的时候，你习惯性地
打开他的衣柜，找被子
并且真的找到了一床。
平时你和母亲聊聊天，浇浇花草
草草吃饭，看一会儿电视
就上楼睡觉了。
父亲走后，你才发现
除了时常回家
这世上没有多少重要事情。

一座山的背面

那座山站在原野上
高大，沉默，创世之初就是这个样子
我曾无数次揣测他的高度
爬上他的肩膀，想看清世界轮廓
但四周空茫一片
飞机经过头顶，像只蚂蚁。
有一次我走了很远不知道怎么回去
绝望中眼前闪出一道影子，单薄，黑瘦
那么陌生，又似曾相识
老半天我才明白那是山的背面

我没想到他还有这样的形象
就像一个人，微笑，沉稳，让你放心
突然被你撞见夜半无人时的伤怀。
很长时间没有见过那山了
报纸说他已从人间消失
但我知道他仍在原处
仍像以往那么沉默，高大
甚至更高，高到白云上，成为神的一员
——他在天上看着我们。

春天的松树林

一场夜雨后，阿秋又提着竹篮出门了
几公里外的松树林
有拣不完的野菌。而你的梦里
滑过一条长长的黑影

上一次走出树林，阿秋的篮子
满了大半，你两手空空
一条蛇皮没收了整个上午，你盯紧
每一处草丛和树根，生怕对视
一双冰冷的眼睛

多少年了，你没有去采过野菌
却仍然每天担心：这雨后积雾的城市
多像那年春天的树林

孙思作品选

孙思，60后，祖籍江苏，现居上海。获刘章诗歌奖、第二届海燕诗歌奖。著有诗集《剃度》等五部。

羊楼洞茶

1

农历下半月
月亮在地球的那一边
在羊楼洞镇,冬天的风
正从唐朝的茶马古道
自蒙古,长途跋涉往这里赶

洞庄砖茶
如一块块吸饱了月光的石头
坐在石头里,用沉默
说着自己想说的话

远处的山腰
茶树林一片清寂
一两只不知名的灰鸟
像茶树的肋骨
朝着东南方,伸长脖颈

2

我开始想象
一位明清女子,身着罗裙
无领的颈项,挂着红山玉璧

坐在茶树间的凉亭

她的对面,一位男子头戴梁冠
一身青罗衣,佩革带

这个时候,夕阳西下
面前的杯子里,几片叶子上下漂浮
新鲜的,宛如森林的气息
在茶杯里弥漫

一匹匹驮着砖茶的马
从他们身旁的茶马古道,奔向远方
无数个白天,在它们固执而清脆的蹄声里
逐渐变暗,成为夜晚

但它们的蹄声,不止

3

春天,很多鸟站在茶树上远眺
它们细小的眼睛,喜欢对着采茶女
看那些稚嫩的叶子,从她们纤指下消失
她们兰花般的手指,怎样成为清明
第一场奠基

谷雨前
第二场奠基开始,兰花指过
所有茶树林,成为没有屋顶的墙
只有阳光,不食人间烟火

一如既往地照彻

偶或，天空飘下细雨
就像一个写诗的人，在哭泣
为那些沉默的茶树

4

三百年前
那些蓝眼睛的商贾
还站在历史背后，向这里眺望
他们走过的那条明清石板街
依然在黎明的晨曦中
早早地醒来

那个时候，城市没有这么密集
不像现在，生在城里的人
似乎永远走不出去，天的尽头
也将铺满坚硬的水泥

此时，远处的观音泉
沉在很深的禅境里
专等我们这些来自尘世
沾满俗事和欲念的人
等她用清澈，让我们在一盏茶里
安静下来

并告诉我们，多大的心
都能装在一盏茶里

天　空

向东是河流，向西是日落
四季周而复始
最圆满的落日在黄河，最直的孤烟在大漠

带着爱，去凝视万物
万物才能凝视你，这个时候
内心松动一次，无助减一分

放下执念
月亮在，天空就在

初　歇

一滴雨，落于人间
是一滴水，落于纸上为一滴晕染

一个字在眼里，可以回眸成卷
在心里，比天站得高

一卷书，读一遍
就迈过了千山万水

纳兰性德的词,也会开出花来
云朵初歇时,夕阳不再老

最寂寞时,是她最安详时
宁馨是她永远的静

默　想

一棵被砍倒的树
一只鸟撇下一片羽毛
她会双眼含泪

喜欢默想,喜欢穿白裙子
着一双绣花鞋站水边,眺望远处的云
想伸手牵住,走了又来的风

看到成群蜻蜓飞过水面
觉得世界是她的
夕阳和晚霞是她的,家里墙壁年画上
那个比女子还好看的书生
也是她的

时间如果在这一刻停下
这世界刚刚好,她可以如一首词
在月夜,安静地开

容浩作品选

容浩，1979 年生于广东阳春，现居珠海。供职于某大学。获苏曼殊文学奖。著有诗集《从木头到火焰》。

小房子

向南的小房子
对着山和树木
窗外的车流
比以前更加迅猛
它却更安静
我抚摸着墙壁
拔掉钉子
它曾经是我
用力打进去的
旁边有块
剥落的旧墙
将有新鲜的腻子将它覆盖
我有些不舍
毕竟这些旧
也在我心中
这么一个小盒子
保存过
我新婚的日子
它被出租时
也曾收藏过
穷困的热望
和几对
年轻人的爱情

晚霞中的飞机

今天的晚霞
比一匹绸缎还要美
飞机驮着黄金
像大海里的船
缓缓地
驶入天空的尽头

从飞机的翅膀
往里走
有天空的椅子
有很多人
其中有一个
就是你
我在手机微信上
看了看你
时光锋利啊
但大家都没有躲

如果没有这些晚霞
我差一点就
忘了你
如果没有这些晚霞
天空和黄金

不能这样燃烧
今天啊,不能这么好

春风仰着头

六年之后我仍然会
梦见奶奶
这时木头
早已穿过火焰
不再叫作木头

我想起三十多年前她从身后
递给我的一个橘子
圆形的酸甜
跟随我从命运的南部
去到北方

六年前的冬天
我给她添柴烤火
她已经老得
不能言语
但她轻轻地握了握
我的手
我感觉到世界在缩小
我们往回走
一切都

越来越小

奶奶你看啊
银河里有个孩子
看着你
他也看见羽毛
长在树梢上
春风，仰着头

不惑之年

我总在手机的音乐应用里
寻找
那些不发光的人，和他们的
只有少数人擦拭着的
音乐

我爱这些
难过的行者
一遍遍地听
那白云之声
箭镞之声
落雁之声

不惑之年，能见者渐甚
包括这些

走失的孤单

我想看着他们，也就是看着
人间的真心

所以朋友啊
不要嘲笑他们
青松太珍贵了
流水太珍贵了

离离作品选

离离，1970年代末生于甘肃通渭。参加《诗刊》社第29届青春诗会。获《诗刊》2013年度青年诗歌奖、2014年度华文青年诗人奖、第五届中国红高粱诗歌奖、甘肃省敦煌文艺奖等奖项。

小东西

小东西刚刚睡着
我在他的额头上
亲了三下
说晚安说我爱他
今晚在梦里
我还叫他小番茄
小石头小锤子小喇叭
小小的人儿
我真不知道叫他什么好

路

那天在山顶,靠过一棵树
好久没那么依靠过
任何东西了,就陡生悲凉

那天在山顶想过一个人
他曾来看我,仿佛他沿着那条路
找到我,也沿着那条路
和我分开

而此时只有白茫茫的雪
和雪啊

把他抱在怀里

我该有多大的勇气，才能把他抱在怀里
宠爱他一生。把他抱在怀里，先于他老去
先离开他，把他一个人留在人世间
让他孤独，让他孤独时总想起我

土豆也是温暖的

和曾经相爱的人在厨房里
把土豆削皮切丝
做熟了也是温暖的
即使被煮开了花，冒着热气
像朵朵玫瑰的时候
或者在火上烤油炸后
都是温暖的

过完一个冬天，厨房里的土豆
想发芽，它们在柜子里窃窃私语
它们低声说话，芽已经冒出了尖

现在是我一个人
把那些多余长出来的部分
掰下来,默默扔掉

雪地上

如果选择重生
就要选一块干干净净的雪地
看着从我心里轻轻走出去的
那个人
回头对我笑笑
回头对我流着泪

春天里

春天里
放风筝的小情侣很美
风筝飞起来
线都抓在姑娘手里
春天里,每年一起放过风筝的人
即使分开了
让人伤心的那根线
空荡荡的也很美

被光照到

早晨醒来的第一件事
就是被光照到

先照到窗户,再照到我和孩子
愿我们
每一天都这么安静地醒来
每一天都接受不一样的光

花丛中

在山下就想飞起来
绕着树木稀疏的地方飞

飞的时候总感觉全身都藏着蜜
遇见的花朵不止一朵

这一朵,那一朵
我让你们在一起慢慢开完了
再结果子

树　上

树上的叶子掉光了，也就没有鸟了
树上的叶子掉光了，风也就只有风了
没有心声

看着那些树我心里空荡荡的
并接受了没有爱情的事实

一件事

这辈子，能把一件事坚持做好
就行。比如在小镇上的平房里
他把柴火砍了，把大煤块砸碎了
把火生起来。什么也不用多说
那时候他还是爱我的
让我坐在火炉边
静静地烤火

游金作品选

　　游金，1975 年生于重庆巫溪，现居杭州。从事艺术策展、评论等工作。

一个人

好了，现在我可以谈谈一个人。单数。在群居之中，每一个
　人仍会成为一个人。
在意见相左之后，在送别之后，或者在埋葬之后。每一个人
　仍会成为一个人。
某些时刻，突然找不到另一个人，每一个人仍会成为一个
　人。
那寂寞的妇女将是一个人，睿智的哲学家也将是。
新生的婴儿是，那拥抱着的情人也即将是。
一个人能拥有的，不是地上尘土，而是遥远的星辰。
一个人可以对着它们说话，那联接建立起来才将永远不朽。
在绝对孤独中，唯一可信任的，那目所不能及的深处。
每个人都能找到他灵魂的摇篮。那曾被遗忘的，它还在那里
　空着。

杯子会不会悬空

通过观察，你会发现
放在桌上的杯子都是悬空的
你不得不把它牢牢压在桌面上
只要一松手，空气就会
溜进两者之间

所有的事物都在悬浮之中
在事物之间，还存在着巨大的区域
我们也是这样，彼此浮着
如果没有另外一个力量把我们牢牢按住
中间就会充斥着大片时空
除了空气，更多事物会
挤进来。你知道我说的更多事物
指的是什么
事实上可能，比我们能预见的更多
如果不是这样，巨大的真空
可能比隔在我们之间的繁复事物
更难排除
我也观察了其他两者
一个人和另外一个人
另一只杯底和另一个桌面
尽管看起来好像没什么问题
实际上都被隔在了彼此的远处

书　店

书店里，图书陈列得整整齐齐
即使读者也没有人发现，一本书想要
阅读另一本书。这个愿望充斥着整个书店
已经很久。直至所有书被感染
每一本书都想，阅读其他书
直至书店暗流涌动，读者走进去

感到被一种不可抑制的力量鼓起来
一天下来，大多数书都移动了位置
店员不得不每天把它们，复归原位
天天如此。在不自觉的较量中
一些愿望得到过满足。但离所有图书
一起走下书架，杀死它们的店员
还有些日子

书房——给之雅

你注意过那一排书架顶上的绿萝没有
旷日持久的生长，它们把长长的根须扎进了书本
直到有一天，我去找书，发现绿萝在暗中
用气根把它们紧紧连成一片
那书房变成了黑森林，我们曾迷失于此也
醉心于此。是书房，庇护过我们但现在
我想告诉你，要警惕啊，别让我们也长出
那带着吸盘的气根，从此坐在书房里
暴增的胃口吞没所有纸张和文字
我们将变成可怕的最大的一株绿萝
制造出更大的黑森林——无尽的危险的迷宫
尽管谁都知道，书房外面，没有一处不在永夜之中
日轮还没有诞生
我们还没有火把和路标，我们也没有枪
但要制造这些东西，也不是没有可能
只要我们从书房的椅子上站起来

提着我们的刀斧，先把囚笼般的迷人的书房劈了
现在，我们唯一能做的事，就是那一件了

书——给 XA

书成了我们唯一的避难所
成为新居，当城中村被新的规划所替代
成为托儿所，当双双上班的父母挤上公车
书走过来，给失业的人递上新的合约

是因为，没有别的东西更能让我们
确认真实痛苦的不存在。有人试过罂粟、鸦片
有人试过刀片与子弹

但直到现在，也没有人发现
前仆后继的写书人，才是撒谎者，骗子，阴谋家
玩弄了我们。把世界割成了两半

但焚书者还没有出生，大火的火种还远在爱达山上
正如陈述真相的书还没有写出来
（或许永写不出来）

在此之前，我们还需要在
这虚假的字里行间，寄居几个世代

预 言

由于再也没有种子,父亲接纳了年幼儿子的赠予
与长着乳牙的儿子一起,种下了一粒炒瓜子
父亲也时时去地里除草:"就快发芽了。"
他这样回答儿子的询问。春雨也按时来浇灌
带点凉意的雨水,渗进很深的地下
布谷鸟的子孙,几代下来
已经不会鸣叫。但也不影响它们还在繁殖
由于要等待这粒种子发芽,父亲只好一直呆在
废弃的村庄。由于这个父亲的虔诚
人人都为之敬佩,人人效仿着他
布谷鸟早已绝迹,春雨还在按时浇灌
带点凉意的雨水,渗进很深的地下
我们知道只需要再等一等,就会发芽了

卢辉作品选

卢辉,60后,福建三明人。获福建省政府文艺百花奖、第三届《诗探索》中国诗歌发现奖。出版诗文集《卢辉诗选》《诗歌的见证与辩解》等。

我是被风吹过来的人

我是被风吹过来的人
一些细小的事物
比如雪莲
比如天山
那么高的时间

我要抬头看
所有被风领走的思想,所有的冰封
曾经的水
都在头顶上,微微响动

终于被风看中了
我有点害羞
像雪莲那样
爱着雪

岁月很小,月亮很大

我在一张废旧的报纸上
为一阵突如其来的灵感做记号
灵感走在有字的地方

要特别的小心
因为岁月很轻,很薄
稍有不慎
一轮明月松间照,照报纸
照家事国事
照沉船,照一个人上岸,照几家欢乐几家愁
那么多的铅字围观我
岁月很小
月亮很大

时　限

整座山都是我的,我吻她
我就是露珠
挂上一滴,看着草长大

这个早晨,雾很新鲜
鸟是过渡时期的
故交。我在树皮上面
有个记号

这么多山的随从,我就爱影子
秋的影,水的影
崖壁,青藤,苔藓,枝条
时间的影

一年又一年，我顺着影子攀爬
比芽更高的果子
比崖更高的
悬念

虫子的国度

慢慢地爬
这不像是一个国度
我只晓得有些虫子，很团结，它的幅员
很辽阔

虫子上树，虫子会飞
虫子荡秋千
千虫排队
没有武器的国度，顺便没有起义
争食等同于三餐

叶子当床，大树是界碑
虫子不谈海阔，只说天空
习惯于深山，习惯于合唱
或作茧自缚

这座城,看起来都像是光影

凡是在街市,被夜色包裹着的
灯光,被一场大雨洗涤的
墙角。有人还在路上
有人不预备伞
此时此刻,色彩驳杂的阳台变得遥不可及

积水是幸福的
这座城市的每一盏灯,需要水的照应
不时有车从水上经过
溅起的水声,远处的犬吠,听起来
好像是光影

临街的店铺,临街的艳丽
都在各自的窗户之内,营造另一盏灯
穿城而过的河水都到了该去的地方
桥的护栏,包括斜坡
一直占据在这座城市的
中央

宽　恕

宽恕过，不会比一块石头
碰到细流，那么的深情
有时候，你可以把所有的雷电收割
露出茬来

要是像山峰那样宽恕一棵松
你最好就是一颗松子
携儿带女
自由地降落

不管落到哪里，落多少
几多宽恕，凡是在坡地，村庄
炊烟宽恕柴草
柴草宽恕劈刀

宋憩园作品选

宋憩园，1985 年生于安徽怀远，现居上海。参加《十月》杂志社主办的十月诗会。获深圳睦邻文学奖。

本来的我

干活的工人知道我是一个诗人。
他们一边说着佩服一边又犹疑:
为什么不写诗,反而来工地干活?
好像写诗是一门职业。

好像写诗比干活舒服似的。
这里那么多树为什么没有我喜欢的
棕榈树。我望着楼顶上的宇宙
两栋楼之间的天空,立体主义的蓝色。

我想起刚来这里的那一个月
每晚都要出去跑步。接下来的几个月
我的活动半径是周边五公里。
五公里之外的地方我懒得移动。

遑论更远的距离,像树懒。
早晨的日子我是我们。
晚上的日子我是我们中的我。
诗的放大镜,比一颗星星更擅长隐藏。

保安说,他其实不是保安。
我也不是诗人。我们都是单一的词。
他不再往下说了。一个石榴,在他的右手里。

石榴籽露出来的那面朝上。红艳艳的寂静。

走　路

我是一个喜欢走路的诗人。
你是散步。我不是
走路和散步不一样。
走路的纯粹让人心生欢喜。

早上的，傍晚的，凌晨的
不同时刻爱与被爱。
十八岁的，二十五岁的，四十七岁的
我都和她们交换过月亮。

但不说话。走起路来我是认真的。
我可以不停地走，也可以走走停停。
我喜欢接触地面上的东西：
硬度的，明亮的，湿润的。

远不止于此。走路拒绝任何人
是一个人。走路就是走路
不是走别的，和别的人走
也不是为了微信运动。

走累了，我坐下来。
天上飞的，水里游的，梦游的

感官世界。当我走起来的时候
路变得绵延。不能飞也不能游过去。

我们正在变成的样子
——给周鱼

凌晨在等待中而至。
鸡鸣来得有点早。
一面镜子立在桌子上，
一张因杰克丹尼涨红的脸
正好在它表面重新触摸身体的地图。
眼镜在红色中，眼镜下的眼睛
露出从未有过的光芒。
桌上还有其他东西，
被直觉性排斥在外。
这首诗从意象中倾斜出来。
我们为光芒写作。绝非安逸和绝望
一个人的诗就是一个诗人的性情。
记得十岁时年轻父亲说过的话：
"去田野劳作要穿田野喜欢的衣服。"
当时我不知道这句话的意思
可现在还记得这句话。
这也是我对写作的理解。
虚拟的高窗下面
站满仰望星空的人，他们眯着眼
这和我们无关。也和我们的诗无关。

诗属于日常的感悟
或一天中歇息下来的那部分柔软。
像冬日的梦花树
从不会向任何拒绝走出房屋的人
开放那蓬勃的寂静。
我们正在变成我们喜欢的样子。

鱼刺一样的白发

日常的傍晚,她抱着西瓜
从外面进来。坐在我身旁
白炽灯照着她
记忆中的白被唤醒。

乐宝吃着西瓜
她看着他。我看着她。
三根白发像针尖儿
扎在视野里。

她说,快拔掉它们。
我说好。
每一根白发里都有一个战栗的影子:
孱弱的。虚幻的。狂躁的。

你再也找不到更多的形容词。
它们都是我

这些年在她生命里
遗留下来的鱼刺。

雨的解释

在夜晚,我感到安全。
雨水从树叶上掉下来,滴落
我身上,陌生的城市
陌生的舒服。熟悉的人
现在远远的,大家舒服。
穿过雨阵,服务生将我
安置到昏暗的房间。
足浴是身体的舒展,
灵魂熏香似的
在房间飘荡着,这么多年
它从未安定下来。
像我从未停止对自我的怀疑
追问,谴责,安抚。
西瓜在盘子里,大麦茶在杯子里
灯光在灯罩里。雨还在下
下在窗外的雨和下在我身上的雨
是不同的雨。雨雨雨,3.1415926 的雨。

谈骁作品选

谈骁，1987年生，湖北恩施人，现居武汉。毕业于湖北大学。参加《诗刊》社第33届青春诗会。获第五届扬子江年度青年诗人奖。出版诗集《以你之名》《涌向平静》。

西和山中

麻雀的视线从不离开树林
飞得再远,也是一种环绕
狐狸追逐野兔,身体起伏于潜身的草丛

山中,我也是起伏的一部分
见溪流便饮,见山石便坐卧
我服膺于我经过的地方

河流涨水了,流水不会漫出河道
人们舍下房屋和田地离开了
房屋不会废弃,飞鸟和蜘蛛去筑巢结网
田地不会荒芜,杂草茂密,长得比庄稼更好

西峡外

一辆车停在河边,
司机用河水洗脸。
一群孩子在河边打水漂。
刚下过一场雨,河水浑浊,
能洗污秽,
也能把石子送到对岸。

远处有座石桥,
一个老人坐在桥墩上抽烟,
他眼中有翳,看什么
都像隔着一层雾。
流水可以听,河风可以闻,
他已不需要把什么都看清楚。
车开走了,孩子们扔出
最后一颗石子,
流来的河水,比流走的河水清。

推磨的人

我们提着玉米去磨坊,
父亲推动磨盘,我往磨眼里倒入玉米
磨盘旋转,玉米粉碎,
多么神奇啊,似乎没有什么
是磨盘不能粉碎的,
没有什么是父亲不能推动的。
推磨时他一言不发,
像旋转的磨盘,一味地送出力气。
后来我见过机器磨,钢铁的磨芯
被履带牵引,被电机带动,
山呼海啸一般,像要把一切力量喊出来。
而石磨的安静我始终记得,
那是生活本身的沉默。
玉米磨完,最后一步是清洗石磨,

清水倒进去，浑水溢出来，
不用再推动磨盘了，我们在一旁看着
这清洗石磨可以自己完成。

医院所见

去医院，去坐生死的流水席；
去病房，去和你的同类相遇。
没有什么比一张病床更安稳，
没有什么比一张空出来的病床更让人惊悸。
床单收走了，被套焕然一新，
你裹紧被子，绝望中
有一闪而过的庆幸：
你不会即刻就死，甚至有医生
曾安慰你，说你病情较轻。

昨日的野鸭

野草没人看管，开始是青草，
长着长着成了荒草，一丛丛的。
野鸭往前游，游过草丛，
还要往前游，草丛下呱呱不停，
我猜是一窝小野鸭。
在野芷湖，有的事物一眼可以看到，

有的只能去猜。又如那个
钓鱼的人,桶里一条鱼也没有,
我猜他只是以此消闲,
浮标一动,即是赏赐。
我每天从野芷湖经过,
这些猜测仍难以验证
——也许无须验证。
只要荒草萧条又茂盛,
只要野鸭游来游去,
像新的一只又像是昨日的那只。

黄昏寂静

晚饭过后,抱女儿下楼散步
太阳西沉,小区里人多了起来
大家都选择这时出来活动
嘈杂之中,仍有一种黄昏的寂静
宠物狗乱窜,就像牛羊下来
空调外机喷出热气,可看作炊烟四起
沿小区绿化带转了几圈
女儿睡着了,周围的嘈杂不会把她吵醒
我感觉到的寂静也不会让她睡得更深
等到晚霞散尽,夜云低垂
小区坠入一种寂静过后的空虚
女儿醒来了,满目的昏暗让她不安
她才五个月,以为看不见的都不在了

以为世界真的坠入了寂静
她要为她感受到的寂静哭上几声

岁月枕头

最合身的衣服是清江，
在恩施高中，我们一直穿在身上；
最自由的生活是闲游，
我们像一群浪花，整天跟着江水走；
最欣慰的，是我们有过天真的爱，
爱上课涂指甲的少女、情书上涂改的墨团；
最遗憾的，是我们从未在游荡中预见此刻，
当我们被推入此刻，又总被过去拒绝——
情书从未投递，爱已变得浑浊，
我们成了真正的浪花：翻涌，然后破碎。
只有江流还在，不是一件衣服，
而是一个可供入睡的枕头，
江流如束，拢住我纷纷的杂念，
江水清澈，你已不敢面对自己此刻的倒影。

江雪作品选

　　江雪，1970年生，湖北蕲春人，现居黄石。著有诗集《汉族的果园》《江雪诗选》《牧羊者说》《幼年与历史》，评论集《后来者的命运》《抒情的监狱》《理想与棱镜》，摄影集《饥饿艺术家》等。

栅　栏

我们之间有一道栅栏。

如果它是泥土砌成，
我们的关系仅次于大地与天空。

如果它是木质的，
我们是人类与动物的关系。

如果它是铁丝编织而成，
我们的关系类似于警察与囚犯。

如果它是一种眼神，
我们的关系陷入神秘和黑暗：

爱与性，
箭与翅膀。

或者，良医与毒药，眼泪与圣徒。
矛与盾。

月亮的逃逸线

怀想幼年与中年,我是一个逃逸者
而月亮也是,在夜空中照耀
见证我的逃逸史
我从少年逃到青年,随后逃到中年
我从乡下逃到城市,随后又逃回乡下
我一直在寻找一把刀
从前用来砍柴,劈木头
现在它用来解剖他者和自我
它是诗,逃逸的一部分
它是月亮,弯弯的轨迹,命运的逃逸线
一群人像我一样
曾经挣扎在自己的逃逸线上
从乡村到城市
从城市到乡村
过去,逃离乡村逃离贫穷逃离饥饿
现在,逃离城市逃离肮脏逃离冷漠
过去,逃离父母逃离主义逃离乌托邦
现在,逃离钢铁逃离智能机器逃离摩天大厦
月亮的逃逸线是一个轮回
我的逃逸史充满宿命
一个早晨,我看到一群人在雾中奔驰
他们逃往熟悉而陌生的乡村
又一场雾必将他们淹没

鼹鼠的自我辩护

鼹鼠的工作,打洞与偷窥
一个伟大族群,信奉的道德与能力
人类嘲笑它们偷窥的行为
而诗人早已命名——
麦田守望者。

人类嘲笑它们打洞的本领
会藏匿,会逃亡
鼹鼠自我辩护——

我们和你们
本质没什么两样
有着共同的命运和理想

我忽然想起卡夫卡的话
卡夫卡早已为鼹鼠做出了伟大的辩护——

人,在不断地重新挖新的地道。
人,这只老鼹鼠。

下 沉

犀牛在河滩上,来回走动
它有什么心事放不下的,居然把春天
遗忘在高河的上游
我曾经坐在老村的铁轨上,对小平兄弟说:
我们都是生活下降者

如今,那些暗礁也会有出头之日
河床下沉,鹅卵石照旧怀孕
落日低垂,吻别群峰

遥远处有雾,细雨亦纷纷
农场里的收音机,播音员与调音师
十年如一日,履行着
重复者的角色

朗读者

湖面上风很大,波浪翻滚,陌生人早进入
朱家嘴一带,被剥夺了诗意的黄昏

月光下,暗淡的鱼肚白,拍打着

死气沉沉的堤岸

陌生人在湖边,静读黑皮书,无听众。一群因饥饿而
伟大的小丑
踏浪而来,戴着脚镣跳舞

跳舞的声音太小,被浪声淹没
朗读的声音太小,被跳舞的声音淹没

故 乡

我一直怀想,并渴望
汲取她的气息
她的奶和蜜
尔后,葬身于她葱郁的怀抱
那隐秘的山水之腹
且让我的肉身
我的诗草
成为她最柔软的部分

瘦西鸿作品选

瘦西鸿，1965年生，四川仪陇人。作品散见于《人民文学》《诗刊》《星星》《诗选刊》等。著有诗集《只手之音》《方块字》等多部。

子夜钟声

这些从黑里淬炼出来的金属
扇动着锃亮的翅膀
在夜空挖掘隧道

潜行在隧道里的夜行人
裹着厚重的黑大衣
仿佛另一位神秘工匠
从夜的皮肤上一点点刮出更多金属

众多金属翅膀纷飞着集结
沾着露气的繁星　也派出另一些金属
共同张开剪刀一样的翅膀

子夜的钟声　收割着一茬茬隐约的光亮
然后用它来磨自己的锋刃
然后反复剔削着万物的听觉

循环的子夜　万物沐浴着钟声的光辉
像一些隐约的黑痣　粘在人群的面孔上
远远望过去　像一团迟迟无法消散的蘑菇云

时间废墟

一块表死了　在我的手腕上
精细的工艺和贵重的金钱
如此冰凉　顷刻成为一块废物

时间死了　在我的手腕上
而我毫无知觉　依然浪费着光阴
仿佛活在时间之外

一座时间的废墟　像爱过的日子
循环往复　始终没有跳出一个圈子
金属的指针　渐渐冰凉而僵硬

难　题

不愿在一群人中去辨析谁最聪明
只要看看谁把头埋在怀里
依然步履平稳地独行
就相信他的内心藏着真理

更不愿意把爱着的人交给人群
当她内心的明亮被遮蔽

她会走出我的视野　留下长长的背影

唯一愿意做的善事是管好自己
不去揣度尘世灰尘的野心
同时以一粒灰尘作为自己的原型
加入它们的漂流和坠落

但的确无法坚持这小小的愿望
人群那么拥挤　尘世那么空茫
我抱着自己的躯体　仿佛抱着整个人类
怎么都无法找出那个唯一的自己

云　霄

我很低　贴着地球的肚皮
只是一弯温热　散发迷人的气息
树枝低摇　用月光轻抚我的鼻子
激起我欲来未来的喷嚏
我朝着云霄张嘴　却一直没有啊出声来

我很小　有着卑微的出身和低微的幻想
混迹于草芥　有着懒散的腰身
微风吹醒的花期　我用叶子当笛
向云霄吹出空茫的回音

我很慢　一个字一个字地写着爱

写着写着呢　我就不认识爱了
就忘记了为什么要爱
直到云霄恩赐的一滴雨
把我的疑问打湿　氤氲出一缕烟岚

我很懒　保持着对云霄的幻想
就这样躺在大地上　等风撩开我的衣裳
我赤裸的身体　像一条弯曲的河流
委身于时光　与大地一同起伏
迎纳云霄的宠幸和遗忘

湖泊在眼里

湖面的水波　荡漾着洪荒之力
层层叠叠洗涤着混沌的天空
却无法洗净人世的沧桑
多少是非得失　最终沉入淤泥

岸上观望的人　一直睁着眼
空旷的湖　就一直泊在他的眼眸
那么多的水在他身体里汹涌
他却独自安稳　不流出一滴汗水

如果他闭上眼睛
湖就会从他身体里　消失殆尽
他的一生　干燥得像一根火柴棍

而堆在他身体之下的　是无尽的干柴

水波不兴的日子稍纵即逝
他再度睁开疲惫的眼睛　径直跳进水里
人们看见的只是一丝轻烟

余　震

一只蜗牛　在那个阴天的下午
绿叶边缘的爬行正在独自进行
一道透明的液体　铺成白色轨道
暴露出它的秘密行迹

当它触到叶子边缘的锯齿
整个身子剧烈地抖动着
它的痛　其实只有它自己知道

甚至它的呼救声　传遍整个原野
却没有谁听见　包括它的同类
从来没有另外一只前去搭救

一只蜗牛的末日　是它自己遭遇的
当它掉到地上　我感觉地球为之一震
每个生命都传递着巨大的余震

郭辉作品选

郭辉，60后，湖南益阳人。作品散见于《诗刊》《星星》《人民文学》《十月》等。著有诗集《美人窝风情》《永远的乡土》等多部。

庚子三月在江边听圆号

放低了调式,放矮了
身姿。它是不是
铜管一族中的忧郁症患者?

面对着古城墙
黑黝黝的一排垛堞,它沉沉地
发出了遁世之慨

脚下逝水东流
号音也东流。有最大的定力
也无法拦阻自身的
光亮,哑了一寸,又哑下去一寸

细雨霏霏,苍鹭
临江。双翼上的羽翎
迎风抖擞。仿佛飞得很轻很轻
又仿佛飞得很重很重

是不是衔着了一管黄铜之中
——寥廓的音色?

孤　子

在棋盘上纵横捭阖
无论执黑还是执白,他都暗暗
揣着落败之心

追杀,绞杀,或者扑杀
是不是道中道?
谁又刻意,将谁陷于不义之中?

他也有杀得兴起之时
得势了,突然就浑身虚脱了
手指上夹着的一粒,落无可落

败是结局,胜只是
偶然。赢家,总会有一个
打不过的劫

他常常望着天,自己
对自己说——
终南山上月,是人间的孤子

招　式

用拳，用脚，用棍棒
或者用刀，用剑，用长矛
更胜一筹的是
用计，用攻防大法
而那些胸怀丘壑的人，是用心
看得通看得透
是一招。偏偏就是
不去看通看透，是另一招
通非通透非透
从没有看过，则是招外之招
而想得开放得下
这世袭的轻功，几千年了
都是——无招胜有招
每一招每一式
不在这儿等着，就在那儿候着
你见招拆招也罢
他见式就式也罢
无论有所用，还是有所不用
到得头来
仍有着——无用之用

老 雪

白得成了一句
遗言,一纸悼词。却仍然咬着牙关
在白,缩紧了骨头在白
仿佛唯有如此——
自己白自己的,一直白下去
才能对得起天地良心
待在一座房子浓墨般的阴影里
蜷曲于一面山坡
暗得森严得如同铁铸的某个部位
动凡人无法窥见的心思——
不白则已,白就要一白到底,守身如玉
却不知黑无常白也无常
恍然已是悲白发了
就要化白为水,白非白了
再怎么强打精神
也只会一老再老,一小再小!如同是
戏台上布衣老生的
最后一声道白
——此去也,后会有期却无期……

幌　子

绝句是有身世的
并非谁都能拿得起，放得下
譬如一伙雪
同时落到江上，从最初的那片到
最后的那片，都会化为水
而那个手持竹竿的人
钓不起明月，也
钓不起清风。因为无所谓有，也无所谓无
许多的修为已趋
化境了，他却忽然悲从中来
想到一条江，一场雪
再怎么浩荡怎么白，也都只是
生前身后道不明说不白的
一个幌子

吴锦雄作品选

吴锦雄，70后，广东潮汕人，现居深圳。作品散见于《诗刊》《中国作家》《诗选刊》《星星》等。著有散文集《雄心》，诗集《我爱过而又失去的女人》。

生　活

时光筛选着身边的过往
零零碎碎的情感拼凑一下
所有的喜怒哀乐　从未失约
在生活中生活已不重要

时光是个空盒子　除了时光本身
什么也收纳不了　装不下
虚空的男女　鸟兽般窜入婚姻的躯壳
与寂寞一起忍辱负重

显赫与卑微的身份　就如两株
品种一样的兰草　截然不同的命运
沉默的街市　奔走着万万千千的营生
平等地分享命运的无常

与贫穷对抗　与时间赛跑　与荣辱争夺
汗水泪水跌落的瞬间
每一滴液体都是生命的激滟

欢乐与痛苦从不需为任何人让路
生活原本如是　从未腐烂　并不新鲜

爷 爷

爷爷也算一个有身份的人
尽管我至少不懂什么是贫协
想不通　贫穷怎么也成了骄傲的事
据说　爷爷一支长箫吹起
十里八乡百鸟求凤余韵绕梁

我的记忆中爷爷寡言孤僻
我从小一举一动都在他挑剔的目光中战栗
站姿　坐相　说话　所有的种种
夹菜只能夹一块　吃饭不能出半点声
腐乳都只能用筷子尖蘸一点

从那时起　我不敢憎恨爷爷
但我就特别憎恨贫穷
憎恨没有听过爷爷箫声的童年

麻花辫

阳光下的玫瑰　芳华绰约
繁妍的花瓣　嫣红　娇嫩
不想整个懵懂的青春

都在凝望一朵花

麻花辫　碎花连衣裙　姑娘
都是丝绸般宁静的年华的记忆
那瀑布般垂落的睫毛　覆盖了我
整个少年时期对女生的念想

她如漫过冬日温暖的阳光
某个明晃晃的正午
两颗被正午放大的黑白分明的瞳仁
种下一个少年怀春的相思

成长　有一种拔节的痛
都是为了割舍心上的息肉
那种肝胆欲裂的感觉呵
她却对此一无所知

无邪的情愫　澄净了
狂躁的浑浊　破除了
动荡不安青春的咒语
纯洁的爱　有了最笃定的敬畏

愈行愈远的生活　彼此不知所向
青涩的滋味在青翠的时光停留
在故事中情节已不重要
而结局却无从记起

两株麦穗　在各自生活的梦境沉睡

当有人说起花朵和她的名字
那麻花辫如黑暗中的一道银练
让我的内心战栗不已

灰蒙蒙的尘埃

为什么那么多的灰色　似黑非白
都是太阳,以及灯照耀时的阴影吗
什么时候我们内心的正义与勇气
在俗风的吹拂中微弱欲息
我们追赶太阳,也让灰暗如影随形么

这气候　这天气　这空气
真的与我们没有关系
我们若只关注自己的周遭
那就不只是愚昧与短视

如果内心已灰暗
世界哪里还找得到光明
事事事不关己的冷漠
堪比助纣为虐

灰蒙蒙的尘埃
蒙头而去　谁能呼吸明朗的空气
活在尘世间　永远坚持明辨是非
行走在江湖　坚持不被黑暗吞噬

心若是一盏灯火
暗黑　自然都会消遁
而怯懦　妥协　合流的灰暗
都只是灯光中飘扬的尘埃

钱万成作品选

钱万成，50后，现居长春。作品散见于《诗刊》《人民文学》《作家》等。有作品入选中小学和幼儿园课本。出版诗集、散文集、童话集多部。

天空下

天空下，最惬意的事，不是做一朵花
被人爱着，宠着，轰轰烈烈
热热闹闹，一场风雨
霎时零落成泥

也不是做一只老虎，山林之中，唯我
独尊，一统天下，一呼百应
江山，王位，是用鲜血
和生命换来的

也不是做一只鸟，或者一条鱼，天上
水中，来去自由，飘游如风
猎枪和网，随时都要防备
依然防不胜防

最惬意是做一块石头，随便放在哪里
都不会让别人在意，与草为邻
以树为友，无纷争，无利害
安享快慰平生

石头赋

和一块石头在一起,也许不是
一件坏事,石头以它的冷漠
让你在痛苦中学会坚强

石头懂得忍耐——
懂得等待时间变成流水
等待小树长成大树
等待烟消云散阳光明媚
等待冰雪消融春暖花开

石头懂得沉默——
习惯睁一只眼闭一只眼
或者闭目养神视而不见
相信沉默是金,努力
修炼成佛

石头懂得旷达——
心中装着十万个大海,目光
投向天空,懂得把棱角磨掉
把火气藏进体内

懂得默默承受,忍辱负重
懂得坚硬刚毅,永不流泪

懂得处变不惊，随遇而安
相信天生我材必有用
石破天惊

石头还懂得坚守，任何时候
初心不改，良心不变，骨头不软

秋水辞

一想到秋水，心，马上沉静下来
湛蓝的天空，洁白的云朵
金黄的落叶，鱼和鸟
一起在心中飞

水边疯长的芦苇，不再风风火火
皓首穷经，内心有了空旷
就像一个人，六十以后
不再踌躇满志

鸾凤和鸣，鸳鸯戏水，莺歌燕舞
一切皆成既往，六根清净
红尘，不过一杯酒
从此风轻云淡

还有，水中那些石头，安安静静
它们，一直在凡尘里清修

去了棱角，少了火气
依然还很坚硬

秋水，秋月，秋风
烟火人间，多少往事，雾雨朦胧

关于一种叫"信"的物件

我急需用一首诗把这种叫作
信的物件留存下来，就像
把蝴蝶，或者鸟制成标本
放进博物馆

让未来的孩子们知道
它们曾经神一样地存在
承担过什么样的使命
留下过多少故事

一张纸，让遥远的两颗心
紧紧地贴在一起，让两个
陌生的人成为兄弟，姐妹
甚至恋人，夫妻

现在，大街上已经找不到
绿色的邮筒了，它们已经
化茧成蝶，改名微信

在手机里飞来飞去

它们比信更快，更直接具体
可它让人失去了期盼的幸福
久别重逢的喜悦，还有
久盼不来的淡淡忧伤

信，离我们越来越远
像天边被风吹走的那一朵云

阿华作品选

阿华，1968年生，山东威海人。参加《诗刊》社第25届青春诗会。获首届红高粱诗歌奖。出版诗集《香蒲记》。

四月的山冈

山地上的昆虫醒来的时候
身边的旷野，又长出了新的蔓草

我走过四月的山冈
看到落日辉煌，桃花燃烧

一块不肯说话的石头，也有
锦上添花的愿望

"……无数的花朵，始于春天
而有些草木，则死于绝望"

多少年了，那漫无边际的孤独
还在举行着
一场又一场盛大的宴席

走过四月的山冈，我看到的人间
粉色汹涌

——那密集的忧郁，一再地将枝头压弯

溪水喧哗,却比雨声更轻

每年春天,斑鸠都会带来
新的种子和记忆

少女也爱春天,她们以花粉
过敏者的名义
爱着山野里的芨芨草和波斯菊

那些植物,都是一年一生
一年一死
雨水使它们成为春天馥郁的一部分

春天去爬山,我会带着一本
薄薄的《诗经》

如果觉得不够,那就再带一本
厚厚的《植物学》

无人搭理的野草

所有的野草都有相似的一生

它们萌芽，生长，青翠
它们枯萎，腐朽，重生

所有的野草都有隐忍的性格

它们更像一群人，虽然被风
吹弯了身体
但很快就会倔强地抬起头来

更多的时候，它们心无忌惮地
在大地上漫涌
直到暗黄的身体里长出了暖灰

每回不知怎么活，我就去山里
看那些无人搭理的野草
看它们草绿草黄，又是一年

下山时，心里又重新绿意汹涌

峡谷记

十月乱云飞渡，寒霜牵着
落叶在迷雾中跑
有怀孕的麋鹿，在低头饮水

十月，树木舍弃了花朵

荒草将身子匍匐在大地

十月，我喜欢这样虚度

——看黄腹黑背的山雀，忽地一声
飞到了远处的松枝上

——看峡谷抱着瀑布，如同抱着
一团热气腾腾的烟雾

如是我闻

庙堂外，我转动经筒
庙堂里，我问穿红色袈裟的小沙弥

如何留住白马青衫的故人？哪里有
让人觉醒的妙药？

他说：你要懂得，四季
轮回，更替

他说：你要记得，怨中藏喜
恨中生爱

我尚未开蒙，但已在成长

远处的双合尔山,提前用经幡
为我送来隐秘的祝福

身边的双福寺里,三千经卷更是
佛前的一朵朵清莲

——如是我闻,佛菩萨一直在我们身边

江边来信

落雨仓促,嘀嗒声里诵着
一部《金刚经》
江里鱼嘴向上,静听岸边笛声流转

渡江不返者,收紧手里的渔网
沉鱼的呜咽
落水投生者,从流水中召回黄金

有人在黄昏的江边,给我写信
说到自由,深情与善意

信的最后,他另起一行:
近日无他
一切都好,只是略略想你

郝俊作品选

郝俊，1979年生于湖北，现居广州。作品散见于《人民文学》《人民日报》《文艺报》《南方日报》《诗歌月刊》《中国诗歌》《广州文艺》等。有作品入选多种选本。

春天的叙事

1

长久的沉思凝成笔尖上一滴欲坠的浓墨
落纸的缠绵,像一场不断渲染的情事
来不及细数花枝上的芬芳
我只想躺在一片望不到边的草地里
仔细看一棵棵小草是怎样挺着柔弱的身子
站在大地上

2

我承认,我喜欢小草一样的叙事
一棵挨着一棵,如此绵密的笔法
才不会漏掉珍贵的细节
几只乌鸫在草坪上走走停停,正在
研究如何断句

3

挥手之间,我点燃了枝上的木棉花
哦,春天是用来燃烧的!
春天也是用来较劲的,紫荆花为了
追求完美的舞姿,仅仅一个下落的动作
惹得参加排练的花瓣挤得满地都是

4

为什么这么多花都保持怒放的姿态
因为体内的芳香是喊出来的
春天就是被她们一朵一朵地叫醒的,
那些没开的花苞,个个都涨得满脸通红,
等攒足了劲,再好好地吼上一嗓子!

5

那些没有大声喊出来的无名小花
只要你愿意俯下身子,她们就会拎起裙裾,
踮着脚尖告诉你今年春装的流行款。
嘘!来了两只蝴蝶,他们稍稍整了一下
戏服,新版的《梁祝》就开演了

6

因为一场花事,赶到剧院时迟到了
三分钟,台上的杜丽娘正在唱
原来姹紫嫣红开遍……是她用一根翘起的
兰花指轻轻拎起了春天的一角,
那揪心的美,就这么一直悬在半空,
让我站在过道上,不敢落座

7

春天有时候会撒娇
回南天的玻璃窗逢人便说:
"不要对我指指点点,
薄薄的水汽裹着一层透明的心,

碰一下,就是一道清澈的泪痕。"

8

比线更细的雨叫丝雨,
比丝更细的雨叫烟雨,
这样的天气,看什么都能看成
一段婉约。所以,切记轻拿轻放,
否则,一不小心,就会拧出水来

9

雨过天晴,天蓝得耀眼,
万物都在体会生长的幸福。
一辆婴儿车里的小宝宝甜甜地睡着,
醒来后,颤动的睫毛梳开了
眼前的阳光,一眨眼的功夫,就把
春天还给了春天!

雨过天晴

阴雨连绵的日子容易
让心头的往事发霉
一只调皮的麻雀轻巧地
衔着一枚细草,不经意间就抽走了
春天的软肋

等着雨过天晴

这样,我可以在春日的早晨
让第一缕阳光驱散周身的阴郁,
再啜饮几滴花间的露水,清解心中的
渴念。深吸一口香润的空气
原谅那些只有咫尺欲望没有遥远梦幻的人吧

我选择拾起一片亮泽的绿叶夹进
一叠正在修改的文字
不是预祝它们四季常青,是让它们学会
做春天的邻居,学会把一滴溅起的水花当作
内心的澎湃,学会在一朵羞涩的野花里看到一场
锦绣年华

与时光对弈

榕树下一块忧郁的苔藓,让我
一不小心撞进密布的年轮
与时光对弈,输掉的往事都是
漏网之鱼

时间在枝头上待久了,也会挂不住
眼前的落叶,偏偏有着黄金般的颜色
正如早衰的誓言和过期的承诺,足以
让我对生活的缺憾顿生眷恋

若想无憾,就学朱缨花一样绽放

谁曾想，一团稠密的心思
打开时，竟如此热烈

只为一场樱花

为了一场漫无边际的花事，
再远的路途也会抵达春天的繁华

你在枝上绽放的时候，我放慢了
呼吸，就是为了让春风学会把
浩荡变为轻拂

连绵的绚烂
让柔弱的美开始汹涌
在花潮中起伏，以为是一场
心悸的梦

短暂，才令人疼惜
惊艳，犹如诗歌中的美诞生于
词语剥落的一瞬

飘洒的花瓣，不是凋落
看久了，是另一种飞扬

李皓作品选

　　李皓，1970年生于辽宁新金，现居大连。作品散见于《人民文学》《诗刊》《解放军文艺》《青年文学》等。获冰心散文奖、辽宁文学奖、曹植诗歌奖等奖项。著有诗集、散文集各两部。

秋天的镰刀

一把镰刀的苏醒
必然是秋风丰硕的功德
当稻谷用体香布道
再坚硬的钢铁
也把持不住

刀刃上的锈
是眼眵，是沉积的毒
是霉斑，是柔软的过往
鼓出的脓血
一封邮丢了的家书

唯有一块石头
可让一颗冰凉的心　复活
而沙沙摩擦声里蹦出的火星
不只是硬碰硬的打磨
更要在秋水不断的抚摸中
镰刀开始有血有肉

在它睁开的眼眸里
天空，打着转儿
石头矮了下去
水稻、玉米、大豆、高粱

这些作物,还有田野

站起来的镰刀　不眨眼
那欢畅的割裂的声音
总是那么荡气回肠
一年就这么一次

树上的鸟窝

对于这些不结果的树木而言
鸟窝是唯一的果实

与那些没有鸟窝的树木相比
这多出来的重重的一笔
把一棵树的一生
描写得更加绘声绘色

而故乡终究是潦草的
一些探头探脑的鸟
它们无意间窥见了
村庄所有生老病死的秘密

它们居高临下的样子
多么像童年的我
向一只蚂蚁伸出了碾子一般
罪恶的食指

没有蚂蚁的村庄
一树鸟窝不比一户人家
更加寂寞

青杏吟

在没有成熟之前
青杏更像一片圆圆的叶子
就像山间的清泉
经过石头的时候
更像石头
自由自在的山风
带来清晨山鸡的鸣叫

当青杏成为红杏
最初的叶子
就成了高高的围墙
比树还高的叶子
高不过一颗欲滴的红
你要赶在青杏时节
去山里走一走

因为此时
叶子和果实还可以
混为一谈

而青杏和红杏
还互不相认

处女座

这真没办法！沙子
还是不断地揉进我的眼睛

揉进了沙子的眼睛
就像枪没了准星，看人
总是模糊不清，怎么
也瞄不准你那颗高贵的心

直到看错，让我后悔不迭
只好用泪水将沙子一遍遍淘洗

沙子是顽固的，它有时是
挑拨离间的谗言，有时是从背后
捅来的刀子，有时是潜意识里
望风捕影的绿帽子

我喜欢用泪水跟一粒沙子赛跑
直到被洁癖，硌得千疮百孔

春天的冰河

只有在暗流涌动的春天里
浮冰才能显示出自己强大的一面
譬如硬度,譬如力量

春水让浮冰在自己宽厚的怀里
停下来,驻足或者小憩
而浮冰则让春水流动开来

似乎唯有流动和互相依靠
才能让春水欢快地喊叫起来
春天才会亢奋地站立起来

一块浮冰就是一个怪异的念头
那些蠢蠢欲动的生命
使河流和人间显得格外拥挤

不过春水有足够的手段和技巧
让浮冰们低下头来
并最终成为自己的一部分

当冰和水都有了爱恨和情仇
我们的命运就开始被一些外物裹挟
而泥沙只是我们骨骼的一部分

冷眉语作品选

冷眉语，1969年生，祖籍河南，现居苏州。出版诗集《季节的秘密》《对峙》。

洋槐树

为一个疏离的人间
槐树的花瓣
曾飘过江河、铁轨
飞进过我的梦里
我用虚空背对现实

面对一棵洋槐树
我不知道该先亲善它的
土壤,还是枝上的阳光
椭圆形的叶片无法
隐藏风声

槐树不像板栗树
挂满毛茸茸的小球球
树冠上的小鸟
不关心板栗的收成
一棵清醒的槐树
也不会说出春夜能开
多少串的槐花

石 岛

这是一次灵魂的大汇聚
这些石头太重,以至不能轻轻地放在轻之上:
水之轻,树叶之轻,以及俗世之轻——
它轻得一直悬浮于尘埃之上
站不下一朵花的思想

花便开在了江南
江南便开在了唐朝
你看不懂这些具象遍地的石头
听不懂一块石头火与水锻打的语言
因此你无法看到石岛上,一朵散发着幽香的
抽象的花

它们或聚,或散
人间有的姿势,这里都有
所构成的主题
正被它身上的千疮百孔,慢慢打磨,慢慢提炼

你轻易走不进一块石头
就像轻易走不进一泓水、一片叶子
你的内心总是装着一块石头,从青年到中年到未来,它一动
命运就往下沉一沉

曲曲菜

如果在北方，不死在锄头下
也会被人们做成菜肴享用
分明是蒲公英的姐妹
却未被正确歌唱
现在，它们像我的词语一样安静

究竟遭遇过什么
它们原本该生长在山坡、田野
是否和二十年前的我一样
跨越一条生死线
辗转到了江南

洁白的牙齿支起着
曲曲菜的微笑
我望着前来应聘的那个小姑娘
深绿色的裙摆

棚户区

熟悉的一片棚户区
连夜被拆除

由杂乱不堪变得
空空荡荡
拆迁户们的表情
像路边堆满无处安放的旧家具
破三轮、烂被褥一样

追赶季节的麻雀
结队飞过我的头顶
天空到处都有它们的家
一个落魄的异乡人,
和棚户区的人又有什么区别

明天,他们就要搬进高楼
"从一个地方跑到另一个地方
我没法从自己的身体里面逃出去"

淀山湖

像芦苇坚持爱它的空
我爱这水面上所有的倒影
所有的
摇摇晃晃

小鱼将夕阳拖入湖底时
这些倒影,碎了又碎
周围很快就会暗下来,静下来

水将自己一遍遍缝补
你是看不见的
就像所有的从未经过
无人动过

有人在湖里吟唱
寒风吹乱水草
木桩排列整齐，一部分露出水面
一部分淹没于水下
显然有人对它们动过手脚
白鹭静默如画
我是这里最笨的一只鸟
没有在天空飞过
也没有留下足迹

田暖作品选

田暖，70后，现居济宁。参加《诗刊》社第29届青春诗会。获第四届红高粱诗歌奖。著有诗集《隐身人的小剧场》《如果暖》。

听　雨

暴雨夹杂着闪电
仿佛狂乱的神经末梢在天地间游走

这天空的情绪，落下了
雨的变奏曲，奇妙精绝的雨呵

听雨的人，听到了心跳的声音
一直听到玻璃破碎

而万物在雨中，咕咕生长
听雨的人，听到了裂隙在弥合

一切都沐浴在雨中，沙沙沙
一切已如始如终

微光在闪，光影浮动
湿漉漉的动人光泽都在这里脱胎换骨

请　慢

汽车超过摇滚的旋律，在国道上

夕阳一样奔跑，如果再慢一点
我就是荷丛里的一朵
蜻蜓是我裙裾上不愿飞走的精灵
一湖的水铺上来
蓝汪汪的画纸
噙着应有尽有的美
等天空的镜子
把万物之魂摄进去
我在寂静的倒影里
是一条自由的如鱼得水的鱼
我知道膨胀的云朵
要带来黑夜
一条操劳的路途带着我们
迅速离开这梦一样的幻境

逢　夏

此刻，鸟鸣落满了我周身
万物葳蕤，草木幽深
露珠在小径上轻轻晃动
真想变成它们
高声鸣唱，或者深深寂静
蓬勃着，孕育着，梦幻着
希望，一个接着一个
孩子们一样地到来
光线灼热又温柔

抚摸着我的头颅和颈子
夏日的阳气药一样滋养着我们
雨水像泪水一样消杀去人间的新愁
我隐藏在它们中间
安宁又满足,正是我想要的

麻辣晚餐

我虚弱的肠胃,正在分吃今晚
最浓烈的
麻椒和辣子爆料的煮熟的鸭子

每吃一口,都像面对一场战争
再吃,就像柔软之身不停地承受
暴力,再吃,就流下了眼泪
不断地吃下去
就是隐喻的荆棘鸟群
在挑战刺入胸中的不同荆棘

世界有它的烈性,我有一个人的弱小
薄暮正谨守着
日落和东升的秘密
世界无法说出的,都被我们咽了下去
或者恰好相反
一个人无法说出的,都被世界吞咽下去
像刀入刀鞘,鱼放生在水里

反之亦是——
当我们剥弃美和善的鳞片,世界便落下了星辰

人间的药

时间和人群,是人间最好的药
在绝望无可自拔的时刻
在焦虑、孤独和抑郁的时辰

爱,是人间最有力的药
一个人把世界源源不断的爱
反馈给你,反流给干涸的鱼群

每天对着自己微笑
从镜子里,从笑靥也从哭泣中
对你,也是对我

一点点拔出深渊
拔出沉陷已久的身体和心灵
一点点打开自己制造的一把把锁
好了,人间的病已得到痊愈

琥　珀

真是一场大戏剧，走到今天
就像怯懦填补了虚空
一只蚂蚁囚禁在一滴水里
它不停地挣扎、旋转
它冲不出自身的局限
终于凝成了一滴琥珀

我从琥珀的泪珠里看到了自身
蚂蚁的形体，琥珀的命运
哦，不——不——
美丽而错误的只是一场教训

一只破壳而出的鸟，壮起胆子试起了羽翼
一只蝉从蜕中，开始了鸣叫和天空
一个骁勇的人终于认出了自己
我可以听溪而眠、抱石而睡了

燕七作品选

　　燕七，本名蔡英，70后，湖北大悟人。出版诗集《月光火车》《鲸鱼安慰了大海》。

如此美妙的时刻

在有月的夜晚
有一些星星
任何时间
都可以看到它们

我站在大门边的树荫里
仰望浩瀚无际的星空
如潮水般汹涌的星光
瞬间向我涌来

每一天的地球
都离月亮更远
总有一天
地球会失去月亮

我无法奢求更多
我还能拥有如此美妙的时刻

恍　惚

那时我们坐在如水的月光里

风让身体变轻
让心灵无端生出渴望
渴望肋下生出一对翅膀
在月光下乘风而去
爷爷敲着烟袋
把我们从恍惚中惊醒
他独自坐在黑暗中
他的椅子与大地牢牢粘连在一起

芦苇林

我们用苇草
编织帽子
用来做野雁的窝
芦苇林的深处
一两只翠鸟会飞出来
几枝野荷
在更深处悄悄探出了脑袋
为了摘那几只莲蓬
我们陷在正午的沼泽地里
进退两难
远处几个少年
正在府河里游泳
几头老水牛
在岸边低头吃草

黄　昏

先是柳大爷咳嗽着
牵着老牛从后山下来
接着是五婶从井台挑水
从门前路过
然后是二伯、四叔背着锄头
从花生地里归来
黄昏的鸟
向着它的树枝飞去
群星从黑夜中显露
站在自己的位置
我和妹妹在村口的树下
望眼欲穿
最后一个朦胧的人影
负荆前行的人
才是我的母亲

我从梦里醒来

昨晚在电话里我问
你在做什么
他说，我马上下来

我站在槐树下
数着落下的叶片
天气如此寒冷
人们走在树底下的人行道上
任何美好的事情都有可能发生
我抬眼就看到他
他站在那里
光华湛湛
好像一轮圆月
将自己镶嵌在无尽的黑暗

高山深处的小屋

我们来喝杜松子酒
从晚上喝到早上
说"晚安,早上好!"

我们一起穿过
安静的小径
路边开满了草籽花

高山深处的小屋
牧牛人在给奶牛挤奶
更远的山顶上冰雪覆盖

在分别的路口

我们说"再见!"
就再也不见

小怪兽

每次旅行的时候
他帮我拉着行李箱
帮我开门、关门
付账
他照顾我
像照顾一个女儿
他九岁了
等他再长高些
疲倦的旅途
就能靠着他的肩膀
有时看着他
会心神恍惚
想起年幼的自己
也是个懂事的小大人
总想用行动得到父母更多的爱

忽兰作品选

忽兰,本名张好好,1975年生于新疆,现居武汉。作品散见于《大家》《诗刊》《扬子江诗刊》等。获第二届汉语诗歌双年十佳奖。

做一个伏藏的小兽

其实我是爱的
多年前的我
和你,你清亮的笑
而我那时,已沧桑
但在记忆里
因为你欣喜
我就年轻并美
一派清新桃红

我以为我不爱
从前的我
大病无数次
又一点一点愈合
病愈这一刻的我
真轻盈
万事皆空,皆好

只有你知,我是病人
几乎不得活
天下雨才安心
乌云覆满
天雷轰轰
雨敲窗格

小兽伏藏

你说,活着便好
做一个伏藏的小兽
这就是意义

其实我是爱的
我的人生——
每一片雪,是为我来
我是为了月亮,才走夜路
你为了我的绝望,而现身。

青年时代

二十年过去了,那沉寂的竟然复活
甚至四季的风,当时什么力道
那些往事,变成一帧帧彩色照片
那天的阳光,我们穿的什么
后来保留下来的衣服,偶尔的抚触
说话时候的微笑,后海的荷花开了
在车站你突然塞给我一大把零钱
再往前翻,大觉寺一地的月光
青石板路旁的松枝和沉睡的喜鹊
临走时的山门,突然的吻
往后翻,天坛的墨蓝琉璃瓦,顺着墙走
慢慢走,冬天的羽绒服和榨橙汁

有一天我们都会死,但也不过是慢慢走
我有一只三色铜戒指,很多的小玩意
在一个夏天,我取出青花小茶盅
竟然是青年时代的你,赠送给我的礼物。

古老里的欢愉

有旧账
但没有新账
因为,我们终于长大了
就像生下来,一直堂堂正正
举着斧子劈柴
柴木淡黄的芳香
渴盼火,既然已身为木柴
就像生下来就一直堂堂正正
没有,没完没了的
猜疑,阴霾
冷和孤独
现在,量子力学使用得真好
我的小舞步
你的小舞步
与森林和群星为伍
而不是无边无际的猜疑,阴霾
冷和孤独
现在,古老里的欢愉和真理毕现
在我的发上

你的衣襟上
一朵紫色苜蓿花。

秋千架

他在森林里为我搭建的秋千架
黄昏里我们摇啊摇,又去湿漉漉的小岛
横躺的白桦树,我们坐了很久;

我该怎么办?!如此惶疑多年
在他如玉的身姿里,森林赋予他清洁
我想要加入进来,他用青草的呼吸心语
并怀疑过我听不懂,多么危险地撒开手;

我们坐了很久的白桦树,长出青苔
蘑菇,一种类似于灵芝的坚硬木头菌
河水绕弯,我们看见了夕阳,并不起身。

朋　友

我的女朋友
是草原上诞生的公主
我的男朋友
是草原上诞生的王子

也许因为打小我和草原是朋友
所以草原将它的爱子许我为友
允诺长度：一生

我们都熟知白雪的山巅，即使在夏季
又爱托腮凝视星星点点的野花
它们在草海里呼喊，生命！
我们奔跑起来，苜蓿花清甜的紫

我的女朋友说，不可亵渎世间洁白
我的男朋友说，阿妈向天和地洒出奶酒
愿我们一生善良

这一天我们围着火炉坐下
依然是青年的样子
我的女朋友的黑靴子
她小鹿一样的脚踝
我们在长达二十年的时间里
电话抚平着一次又一次的动荡
我的男朋友洁白的微笑
他一万次的善解人意，令我的不安消退。

陈广德作品选

陈广德，1956年生，祖籍山东德州，现居南京。作品散见于《当代》《十月》《中国作家》《扬子江诗刊》等。获江苏省"五个一"工程奖等奖项。出版诗集《踏雪之声》《陈广德诗选》等多部。

野　花

在人间。如同被孤立的
篝火抛弃过的
云。后来，爱上了倾斜的
雨丝，和露滴的
——喘息。

用僻壤遮掩心跳。
也用眉目含情填补一些
熹微。沉默，
或者抓住几声虫鸣。

——又见种子沉入
谷底，而绝壁已抽身远走。
只好把自己开成
水中的花，等待月色
掉进去。

再后来，用尚未凌乱的
香，在裸露的
山河上，练习飞，和
潜入。

冷，或者巉

阳光翻山而过，有绿色的
泾溪翩然。原野
辽阔，在可以流连的
光影里，柔软着。

远方，可以想。有乐器的青
丝帛一般，咏叹花的
悠然。在低处，
有一颗高悬的心。

——用整个方舟打理
掌灯时分的倾注，
一切都在沉静，一切过往
都会被
清澈。月色绵长。

终于有雁飞过。
蓝的高远，洒在每一片叶的
凭栏上。

花又开

锦书一样。开放留白处的层层
叠叠，起伏成
水做的月光。一年中最好的
日子，到来了。

——在传说里弹过箜篌的
手指，凭空挥出
袅袅的烟云，缤纷。红烛和她的
影子，低垂着，
等待箭镞深长的注视。

涟漪漾出边沿的润。在风铃
和风铃之间穿行过的
感动，芳香般起了，峰峦
于氤氲处虚化，
那声鸟啼，在蕊中。

空杯子

那时的空
去南方下了一场小雨。说书人

把眼里的泥泞
扔给了朝纲，杯子，
像收拢了翅膀的
林中鸟，续水……且听下回
分解。

再次翻上屋顶的杯子
加持了最后的
光。空，是一种
倾诉，繁华之后的孤独，
在枝头。

在月黑风高夜。一声
断喝，是重新
归来的忏悔——杯子，又
空了！

沧　桑

湍流干涸的过程。一次次落叶，
犹如蝶翅，一开一合，
把星空还给黑夜。斑斓
还在，背景一样的
怀抱已回归谷壑，拿着笔的
风，画不出断裂的
痕迹。

画不出邻家晒台上，阳光的
位移。

内心在变硬。虽然看上去
依然平静，其间的
波澜，有着刀斧的力。

孤城作品选

孤城，本名赵业胜，70后，安徽无为人，现居北京。著有诗集《孤城诗选》。

空 白

我不说窗外下雨了,不说小城渲染在
细声细气的潮湿里
在低处,在这安静的夜,雨丝小声说出的忧郁
让我把自己藏得更深。我不说
我一空再空
只想你
在远离小城的地方,独自穿过人群,或者
肩头冰凉,倚窗远望的样子
我知道
我说出的皎洁月色,远不及你的内心
我的表达
不过是一座梦中的花园
这春雨垂下的软梯,也仅是一种
暗弱的虚拟
不可以用雨丝系你的幸福
把你的笑声
荡向瓦蓝天空,几近白云的身边

赛龙舟

之一

与神话,与时光隧道
无关。是雕凿的刀,是那些木头
恢复了
一群游龙,集体在场的权利

众水踩着鼓点,跳,急于拥立号子与桨
推翻皮肤上的冷宫。呛口的憋屈
显然比人群还要局促——
一些行动只是行动在意念之间
水开水谢,无花之果
最大化的虚拟,摁灭暗弱的肉体

在天空,那被一再缺席的部分
让获取冠军的龙舟,慢下来
止于静水:龙舟和龙是两码事
登岸和登天是两码事
不可能再快。不可以放下桨
直接进入晚年

之二

族人们干预了尘埃,水
羊皮鼓的沉默

分散的合力。小单位。
对手因缺失组织而含混:在同向而行中
确立,或否定
同样的含混,一再瓦解我们对万物的有限关注
岸上的生活,最终必将拿走这些
游弋于水面的快感

听:不远处的旱地上
一群人,在护送截肢的英雄
返回故里
抑或,押解一条游龙的前世
匆匆走在下界
一切被时间涂黑。只剩顿挫的鼓点——
裕溪河吐出的碎骨!

春　风

还有什么,能吹燃纸捻一样
吹燃
空心的胸腔与骨头

芽苞鼓劲，一日日按不住枝条。几乎啧啧
竞相吐出
顽皮的嫩绿舌头

一秤意绪。你说冰也好
大理石也罢
总之这个春天，倘若还有什么能悬浮着
直接驰入我内心隧道的
肯定不是，把微澜还给碧水的
把婆娑还给草木的……

一个人关闭所有毛孔
是要省略花事，让虚妄的吹拂，直接凋落

埋

风在下葬。什么样的谶言，让我反复目睹
无以数计的落叶
分殓晚秋

所有言及的亡，都藏匿了私自的
无望
凉风中，站成直钩，尘世是我鱼竿上
寂寥的铃铛

家村在望，荒草横在路上。凋不凋零，那里的黄土
都不埋我
——时代更迭，公墓在速食
手有点凉。不见了割草女用白衬衫裹紧的荡漾
没收
放牛郎对四野万物的抚摩
一蓬蓬白发，在往土里按。老人松弛，慢慢变短

一切都是假象。在每一处，我都是一只蝉壳
一页哑然不宜分行排列的遗嘱

季　候

荒坡上那些花蕾，那么多扯落在草丛的纽扣。
缺少人，匹配雨水干净温润的身子。

黑的归燕一低再低，自贬忙碌的意义。
那么多空巢老人，空然
四散。幽闭。一天天失去接应。
挎着竹篮到田塍送饭的女子，
恍如旧朝的花朵。

春天。没有被拖拉机喊过的乡村。
犁远离劳力，虚构泥土的每一次翻身

邓晓燕作品选

邓晓燕，60后，现居重庆。鲁迅文学院第十八届高研班学员。著有诗集《格子里的光芒》《白火焰》。

梅花结

一条丝带就这样挽成了一个结
梅花扣的诺言,亮着最后的离别

有蝴蝶的模样,一双手
把左边的路伸向右边
把右边的叹息往左边的花朵里伸

这不是一朵花的问题
是一个结。左手和右手的结

用一把剪刀的方式答疑
我们的左眼和右眼,只留下灰蝴蝶

起初是一片山脉
清新的山岩和一寸寸的峰

之后两片嘴唇一样的云
在山顶,十二点的钟声温暖

小心翼翼的手开始叠加
花朵最后还是被盗,蓝本呢?

残 烛

最后的泪水也有火的形状
小心的舞者
把自己送入绝尘

它定格在那里
有火的前世,又截断了来路

白色的渴望只剩下
残存的空酒杯

不幸的是
杯沿还散发百合花的芳香

还想活一秒?
你信赖的火柴呢

我摸着这最后的死亡
或者假想这短暂的睡眠

不!飞蛾在它怀里
这玉石里的残骸
仿佛抱着这爱之永恒

烛因此而活着
在等待最后一片飞起的嘴唇

一块石头的表白

明晰的线条，精致的颗粒
坚硬的决定。你的转移靠自身的
信念。你落在我的河流里
每一滴都靠近你。你分开我的位置
你来打磨我的空缺

为什么有这种特质。特别的日子
你厌倦了这水、这不见光
你说你必须骑在一条大鱼的背上
知道你在找出路。在划过夜空
在摆脱自己创建的水域

这时的浪更大了吗？你说过你是自己的。
我给你路，我让所有的鱼儿让路
可为什么你冲向了水面又回头
一块有灵魂的石头也会忏悔
也会宁愿窒息也不愿意面对所有的
刀斧、锤子、钉子，甚至火炉

我手里的石头真的价值连城
真的内藏玄机或火山

我不问它的来龙去脉
只知道喜欢它的内心温暖
边缘硌手。它牙尖锋利，但齿痕浅显

防　线

经过无数次的推倒和重建
浪花想表白什么

就像我，内心是蓝色的、平静的
但一旦有事
它冲动、破碎、力量的发现
把自己的头揪着，往一个方向上碰
仿佛碎裂了，骨头白了
梅花才一朵朵、一枝枝

没有谁知道哪一朵浪花
能永久地存在
只看见它们的骨架，但不见它们的
肉身。它们一旦活着就要回到
过去。在生和死之间撞击

它们的声音出奇地一致
就像我梦中的高音部
追击中的炫丽。生命中的雷鸣
低音部是贴着海面的风力

如低吼的骆驼、斑马、老虎
在水的森林里翻滚、嘶吼

目睹了万物的防线。一旦被
岸召唤，就幸福地破碎
然后一一地拾起
又成为自己的陌生

庄凌作品选

庄凌，90后，山东日照人，现居武汉。参加《诗刊》社第33届青春诗会。获2016扬子江年度青年诗人奖、第二届中国青年诗人奖等奖项。出版诗集《本色》。

清醒者

秋风穿着拖鞋在走廊里
晃来晃去
把一片叶子和我
吵醒了
太阳还闭着眼
天是阴的
叶子说,我们落下去吧
它们义无反顾
我突然有点感动
我也是一个清醒者

石　头

每到一个地方旅游
都捡一块当地的石头回来
那些石头形状各异,五颜六色
有的像星星、像太阳
有的像花、像草
有的像猪、像牛、像人、像神仙
孤独的时候他就看看这些石头
越来越多的人已变成了石头

蛐　蛐

公园里遇见一位乡下来的大叔
在卖蛐蛐，也卖乡愁
笼子里的蛐蛐叫个不停
叫醒了古代光阴
那时有不少人吃饱了没事干
就喜欢捉只蛐蛐来斗一斗

一群围观的路人
他们好奇地拿出手机
拍来拍去，大眼儿瞪小眼儿
最后又回到了笼子里发呆去了
只有一个老头儿，掏出十元钱
买走了一只蛐蛐
返老还童

看　天

闲暇时我会抬头看天
不知神明能保佑我们什么
低处的卑微
都被无边的蔚蓝宽容

我喜欢白云自由飘荡
哪里都是家
而人间到处是笼子

晴空万里呀
内心也空无一物

错　觉

下午我坐在朝南的阳台上
阳光从我的右前方暖暖地照过来
我总有一种错觉
感觉自己是面朝东方
太阳是八九点钟的样子
仿佛新的一天才刚刚醒来
其实我害怕黄昏
之后是一个人空洞的辽阔
是不是人生在世也是错觉
阳光充满了怜悯

鸟　鸣

早上被清脆的鸟鸣叫醒

很久没遇到鸟儿了
不知道是什么鸟
叫醒了童年

不想急匆匆地去赶地铁
站着瞌睡一小时
不想钻进密密麻麻的高楼大厦
关着一群动物
不想听汽车的嗡嗡声
邂逅不到一只蜜蜂
躺在床上
我突然有一种飞走的冲动

橱窗里的人

楼下时装店的橱窗里
摆着几个造型各异的塑料模特
每隔一段时间
她们就被换上色彩斑斓的时装
让我羡慕
而我的生活没有颜色
除了朝阳和晚霞

每天下班路过
我都在橱窗外驻足一小会儿
和她们打声招呼

这个小区，我连个打招呼的人都没有
真希望有人偷偷看我

天黑了

几朵云翻过头顶
就暧昧起来
鸡呀鹅呀，还有白色的羊群
赶往回家的路上
老人在呼唤那些
散落在野外的孩子
河边洗衣服的女人
被流水带走
万物也累了
卸下金碧辉煌
这时什么都模糊起来
我只看见了自己

郭玛作品选

郭玛，80后，宁夏固原人。作品散见于《绿风》《飞天》《朔方》等。获《朔方》新人奖、首届《六盘山》文学新人奖。

病中絮语

1

我的疼痛是摇动的大海
惊涛骇浪，却寂静无声
黑暗自脑后涌来
如八月里的雷阵雨
白昼随时与黑夜交替

如果是泪水，使来路变得泥泞
我就没有怨心
啊，疲惫已将我的身心俘虏
无力拾起一根坠落的针

而年轮缠绕，分秒不歇
哪怕红牡丹在你的窗前绽放
也不过是一抹鲜艳的叹息
谁，是那味医你的药？

2

折磨我的不是持续不断的疼
发丝像钢针一根根刺进脑袋
直直地戳进头皮的样子
多么像一只刺猬

我就顶着一只刺猬喘息

折磨我的不是持续不断的痛
从手指到脚趾,没有一处是自己的
如果是我的,为什么不听从指挥
让拿东西,双手无力握不紧
让走路,双腿要颤抖不能迈步

折磨我的不是持续不断的疼痛
是白昼不得到黑的白
是黑夜不得到亮的黑
是秋霜铺满了前窗的花园
是冬雪覆盖了后窗的屋顶

折磨我的不是持续不断的痛
是云层中负重的心事变不成雨
是夜幕中闪烁的星星不会说话
是沉默的大地上没有平安
是纷扰的尘世间没有爱人

3

雪白的床铺上
盛开着一朵红十字
窗外,四月的繁花一树树
不觉已是绿静春深

闪闪发光的针头颤动着
一点点抽去深埋的病根

失重的诺言归还给岁月
渐暖的阳光会把心病缓缓风干

我观察，女护士的眉眼会说话
口罩里的声音很神秘
像生活的真相
不需要裸露得太多

请原谅，在我最难过的时候
没有泪水，也没有你
没有你的时候
天地微笑着拥抱我

4

我的头颅里不停刮着风暴
有一万匹马在奔跑
持续不断的雪崩，随时发生

乌云密布，滚滚而来
夜不能寐，日不能食

我的心脏是一座活跃的火山
蠢蠢欲动，随时爆发
时刻与雪山，同归于尽

啊，你的眼睛里有对万物的怜悯
谎言在你的酒杯里打着趔趄

背信弃义的寒流
让整个春天蒙羞

5

我像一件疲惫的衣衫
软塌塌地掉在床上
保持着扔下去时的样子
尽量贴着床单,一动不动

放在床头上的食物
渐渐散了热气
我感觉自己心里在大声说:
太累了,休息会儿再吃

过了会儿,有人把饭端走了
闭着眼听到她责备:
一声不吭的!

没有咽下一口饭的力气
握住一支笔的力气
抬起一只脚的力气
这世界真安静,真安静

6

星宿还那么闪亮,夜晚还那么漫长
春天都来了,你还不见回来
我的秘密被很多人发现

你是不能燃烧的火,不能流淌的水
不能升起的太阳,不能融化的冰
他们冷眼旁观,或者心生怜悯

我确实病了,那撬开的头颅不算病
颤抖的双腿和不规则的心悸都不算病
只有你,才是无法治愈的一块顽疾

7

湛蓝剔透的天
一弯金色明月斜在半空
只要在往事里打个小盹儿
晨光就会穿透玻璃窗

棉絮一样的白,嵌在净蓝之上
如果,我能飞翔
必定穿越这东方
让翅膀染上绚烂的霞光

如果,飞翔能够忘忧
我就不必在乎这悲伤
将沉重的付出,在一声叹息之后
缓缓遗忘

当有人背叛你时
就好像斩断了你的双臂
你选择原谅
却无法拥抱

安辉作品选

安辉,70后,生于新疆,现居四川。作品散见于《星星》《绿风》《中国诗歌》《诗歌月刊》等。有作品入选多种年度选本。著有诗集《拧亮一枚月亮》,诗合集《正义的花朵》等。

我的月光已走失多年

今夜很凉　我的月光已走失多年
带着大漠里的雪花　飞奔的爬犁
笔直的白杨　湍急的和平渠
风雪夜里挤在梦里的羊群牧马
和我的童年一起走丢了

白茫茫的一片　多年来
我没有告诉任何人这样的秘密
这些年隐藏在南方的某个小城
成了没有魂灵的孩子　匍匐在大地上
曾把每一阵风里路过的
似曾相识的乡音　都当成我的亲人
把每一棵草　每一条河流
都当成我的母亲

玄天观

你在雨天修行的样子一定是低垂的
内敛且走心

接受远方陌生鸟儿衔来的种子

安然隐于山
苔藓在峭壁岩峰悄悄地蔓延

太阳高照的时候
袒露出岩石的胸脯
欣然接受白云的幻彩多变
任凭飞鸟欢呼雀跃

进山的人们发自内心地膜拜
你却仍保持着石头的定力
波澜不惊

目睹转瞬消弭的时光

我猜测不远处的河中
反射的波光粼粼
叮咚有致
闪烁的意味
由那些楚楚动人泪花构成

人间饱含无数隐忍无言的故事
此刻　都聚集于黄昏
树林中最后一抹余光
走失
不知何时消弭于天地之间

不要怪罪"被浪费掉的时光"
如何偷窃我们的生命
什么会让人做出如此动情的告别
除了爱情
除了死亡

我们被生活爱戴又被遗弃

生而无用的草被拔去
抱团取暖而来的云走着走着就散尽了
气球吹着吹着就爆了
我们被生活爱戴又被遗弃

一只受伤的鸟途经　突然丢下一串仓皇的嘶鸣
遁去　消失不见
我从来没想到鸟会亡命天涯
亦不相信春风会被囚禁于山谷

孤独的牧羊人

从石壁的缝隙突然冒出一株嫩芽
像春天绿色的火焰　在春天的原野燃烧
一块石头忽然崩裂出一个孙猴子
桃花坞　请小拇指姑娘赶紧从花蕊中跳出来

汽笛声声　上船时间到了

一条红鲤突然从水中钻出
你布鳞布鳞摇身一变的姿势真美
我看到了书生眼里欲望的春天
而深山里还会蹦出什么呢？
葫芦娃　七个小矮人

我孑然一身　在人世穿行
我知道风牵着你们到来意味着什么
孤独的牧羊人躺在山坡上从梦中醒来
放牧　继续做白日梦

七　夕

我是一条缄默的鱼
是爱　让我溺毙

我有一千种活法
却被一种死法打败了

我与世界这个链条断了
陷入孤岛

在你绝望的双眼里
获得永生

雨中　是谁赐予我一万朵莲的荣光

爬上望荷亭　极目远眺
苍茫人世间
是谁送来一万枝荷
赐予我盛世的荣光

此刻我是荷田的王　端坐莲中
聆听天地间竖琴弹奏的
高山流水
与荷塘月色

我不擅长雨中抒怀
从远古诗经浮出水面的菡萏　荷华
历经千年的风雨之后
朵朵都写满神谕的秘旨

姜华作品选

姜华，70后，现居陕西。作品散见于《人民日报》《诗刊》《十月》《解放军文艺》等。获陕西文学奖（诗歌奖）等奖项。出版诗集《生命密码》等多部。

雨　中

那些在雨中奔跑的人，像一把衰草
衣袖上甩出微寒的风。道路弯曲
他们大多怀揣着阴谋，和宿命。就像我
奔波半生，仍没有理由放下叹息

雨中，有我的亲人、同学和故人
也有我的前世，一只蚂蚁、一头牛或
一条流浪狗。他们生下来就是贱命

没有谁抱怨未知的泥泞，如一只
乌鸦不抱怨黑。他们天性就是
忍耐、顺从。我经常在别人屋檐下
低头，用酒把自己灌醉

人在江湖，谁能躲过世俗的追杀
这个暮春的脸色，仍然是去年的翻版
雨没有停下来。只有雨才会同情雨

夜行者

走夜路的人，被自己的替身追赶

口里吐出毒药。一生的亏心事
经过一片坟地时,被一只树上的乌鸦
悉数说出。头上的辫子
让一只无形的手,紧紧抓住

身陷江湖的人,怀揣着一瓶酒
走黑道。把阴谋和脚印隐藏起来
侧身躲过仇家的追杀。萤火虫
也在夜间赶路,它身上发出
磷光,让夜行者恐惧

坐在灵崖寺山门前,我愿意
放弃所有的欲望,求佛祖为自己
开光。一条道走到黑的人应该
在这个时候,选择回头

半个月亮从空山升起
它只照耀它该照亮的地方

路过玉米地

初秋,玉米地弥漫着孕妇乳香
那些长出牙齿的玉米,开始从母亲
怀里挺直身子。它们同我们兄弟
一样,老大永远站在低处,肩上
依次扛着老二、老三甚至老四

这些很早就写在了家训上

那些怀崽的玉米,都在努力向上
托举。负重的双脚,深深陷进
泥土里。甚至把土地撑开,露出筋脉
风雨过来的时候,它们相互搀扶
让自己站稳。我见过许多母亲塑像
身体冰凉。唯有玉米,让我温暖

其实,我对玉米的依赖,和爱
缘于它与母亲同样的气味和
我年少时那些饥饿。在秋天午后
一个人经过故乡玉米地,那些玉米
结实、饱满、健康,脸上涂满油彩
像久别的家人,和乡亲

后来,母亲住进了玉米地里
变成了一棵玉米,让人无法辨认

村　口

古钟还挂在树上,冬青树
比我爷爷还老。空旷、自由的风
像一群顽童,把铁钟敲得锐响

太阳都出来了。还没有人喊

出工。民国二年的冬青树，有些
寂寞，如我晚年的父亲

官道仍然从树下经过，却没有多少
脚印和声音返回。更多的时候
只能看到村庄的素描

村口的路越修越宽，一直延伸到
远方，和未知。步入暮年的冬青树
像奶奶，举着一把油布伞

弯曲着身子站在村口
下雨了

远去的村庄

曾经养育我的村庄。现在只剩下
一个小名。被一些年迈的人
偶尔唤起。流浪的野狗
丢失了自己的主人

在外打工的年轻人，提起故乡
村庄和土地，一脸茫然
祖传的农具、绝活和方言
早就忘了。回乡的路和
生长在农时里的植物、动物

让人难以辨认

再没有人关心农谚、雨水、收成
和灾害,打麦场上疯长的荒草
让人忧伤。曾经熟稔的燕子
春天也懒得回家

那些新盖的楼房,宽畅的院场
和村道,正在把人心掏空
那些衰草一样的老人,整日
坐在村口,向远方瞭望

田里驱鸟逐兽的草人,也穿上了
西装。村头老药树上的古钟
偶尔被过路的风撞响。一枚名词
如针,日夜扎在我身上

刘乐牛作品选

刘乐牛，80后，现居宁夏。作品散见于《诗刊》《星星》《诗选刊》《扬子江诗刊》等。获第二十七届东丽杯孙犁散文奖。著有诗集《苦涩的甜蜜》等多部。

残 香

始于疼痛，又被疼痛不断缩短的一炷香
稍微轻搓就会碎作微尘
米粒般的幽光，如针尖能压灭的心思
蚂蚁可踩破的梦
压根儿无法照亮什么世界

可你看啊！它仅有的火星
一粒粒，消耗着有限的一生
轻飘飘落下的灰
无任何沉渣，珍惜自己的样儿
更像是舍不得，向下持续剩余时光

却只能靠不断焚毁
迎接下一秒，拿出唯一心血
从高处继续自我灼烧
接连动用
舍不得，却必须，要用完的一生

注视着它渐渐没入炉沙
除了淡淡香气
说明有一截深情时光
化为了悠长浮烟，似乎什么也不曾发生

忘 记

忘记吧，忘记因疼痛而破裂的一块赤金
还闪烁在美神绝望的领空
暮色颠簸而曲折
一只只萤火虫，靠仅有的弱光
争取着前程，你怎敢去想虚无的高处

忘记大雪中取出的羽毛
火里抢来的缤纷，从没有什么白凤凰
在繁华沉睡的深夜
醉心于无人的舞蹈
那些日子，只不过是一页页浪费掉的白纸

忘记流水靠自闭症度过的冰期
你凭借雪白的思念
经历的青春，也忘记一株粗皮爆裂的枯树
静默于枝头甜美的白花
宁静的粉蕊，你面对苦难
执迷过的清浅，守护过的娇艳

忘记吧，忘记天空
就没有了大地，忘记前世
就不会觉得，跌跌撞撞涂抹了几十年
只不过是在起草来生的计划

就不会生于空幻
还梦着空幻

那堆白骨

暮色沉睡的古镇
星辉上升，在与我心头衔接的顶端
显现出琼楼玉宇
有一堆白骨
在上面，遥遥地疼惜着满身尘埃的我

它寂寞、干净，是我在欲望难脱中
对自己进行的提前安置
只接受人生之外的风吹
只与我，通过一抹月光产生联系

我肉体里凝聚的钙
最多只能，对某些生存原则做到坚持
坎坷中拼搏
我早就习惯了无骨而行
很少像此刻，因沉沉的沉默
觉出脚下的城市
是繁华掩盖的千年废墟
我有一副天生的银甲，还卧在它的高空

和月光一起

轻轻交谈的草叶,在月光下
制造着爱情细碎的声响
荷花白天走失的
缕缕心神,也因水波的幽暗
回到了清澈的故乡
整个湖泊,偌大面积
放弃抵抗的真理
裸露出世界柔软透明的部位

此刻,一定有人躺在难以测量的生平上
随太多不肯入眠的梦
徘徊在地平线构成的虚无边关
还有人守着心头堡垒
把讨厌的自己
当成了第一个要消灭的敌人
两种我过去的形式
在另外的,不同身体里描述着我的往日
为这个夜晚
寻找着最黑的疑点

不会有人看见
我此刻就在水边
接受着一缕夏风的轻轻触摸

与生俱来的孤独
和月光一起,构成了尘世悠悠的清辉
时间欠我的旧账
正被暗处淡淡的清香
一笔笔勾销

周瑟瑟作品选

周瑟瑟，60后，生于湖南岳阳，现居北京。获《北京文学》诗歌奖等奖项。著有诗集《松树下》《暴雨将至》《世界尽头》，诗歌评论集《中国诗歌田野调查》。

郎　溪

郎溪的大树
长在古老的石头上
像一个人的头发
从骨头缝里冒出来
我们一齐推动石头
听见我们的骨头吱嘎作响
很多人来此做过这种傻事
都失败而归
那块石头还在郎溪的山上
还会有人去推动它
但它不会滚下山坡
因为它是我们身体
微微松动的
古老的骨头

一片无名的山水

一条无名的河流
一处低矮的堤坝
据我目测至少有
一百只白鹭

它们自由、零乱
散落于裸露的水田
垂钓的人略显紧张
鱼竿像伸出来的手
抓住了一条饥饿的鱼
它在水面下拼命挣扎
我似乎听到了鱼的尖叫
这是大疫后的秋天
我一个人一路向北
阴郁的天气渐渐晴朗
一片无名的山水
车窗外一瞬间的
生活的艺术

倾斜的茶园

倾斜的茶园
梳理得像李白的衣服
不管死了多久
衣服穿得整整齐齐
满坡的茶叶
永远是绿色的纪念
我们爬上敬亭山
在茶园坐下
想必当年李白
王维与石涛

他们都在此
想象过未来
未来没有尽头
若干年后
你们来此
同样回忆起
我们今天面对茶园
生机勃勃的时刻

秋　雾

秋雾无边无际
天空与江面连接起来
没有给我留下一点缝隙
我找不到一条通向江面的路
我推开雾中一扇门
父亲坐在里面一张桌子后
他低头看书
临别时我要父亲
给我留下新的电话号码
父亲在一张纸上沙沙写
纸变成了一卷白雾
我小心翼翼拿着白雾
走在回家的路上
走着走着我就醒了
手心里全是汗

窗外高楼大厦
在灰色大雾中飘浮

凌晨的长沙

凌晨四点我突然醒来
一种类似蟋蟀的旋转的声音
从湘江传递到耳朵
乡土自然之声
包围了长沙城
童年时父亲牵着我的手
走在人民路的林荫道
满街五颜六色的水果
晃动的行人
在我的记忆里永驻
天还没有亮
二伯送我去湘江边坐船
回乡下老家
他与父亲有相同的走路姿势
有相同的咳嗽声
我坐在拥挤的船舱
望着翻滚的湘江水
一个瘦小的少年很快长大成人
一只蟋蟀弹拨黑暗中的触须
弹拨它脸上的泪水
凌晨的湘江泛起点点白光

那是消失的亲人的脚步

平原上的亭子

洞庭湖平原没有尽头
我走一天还找不到你的家
每一户人家都是相同的家
每一条路都通向同一个亭子
天空下只有一个洞庭湖
天空挤满白色的鱼鳞云
天空下只有一个孤零零的亭子
四根柱子耸立平原
形式主义的屋顶
棍子的线条
搭建简单的美学
我走进虚无的亭子
从而改变了亭子的结构

罗爱玉作品选

罗爱玉，70后，现居湖北。作品散见于《诗刊》《青年文学》《星星》《扬子江诗刊》《诗歌月刊》等。著有诗集《青青玉米地》《我想送你半个天空》。

那时候

那时候,牛群翻过了山崖
躺在堤坝的半腰
我们抓石子,玩纸牌,消磨着时光

那时,袋子里捂着梦想的云
一退再退
落在杉树上,多像隽秀的信封

那时,一切多么平静。偶尔,我会支起胳膊肘
望着远处
一丛红艳艳的杜鹃花
我呆呆地望着
那忧愁,焦虑
紧揪着自己,快要冒出血的一朵

放羊记

落日,就住在对面的山坳
天快黑了
我抱起掉队的小羊羔
我常和一群羊,穿过这湿漉漉的阔叶林

累了,就坐下歇歇
小羊羔趴在我的怀里
在我脸上蹭着
我就轻拍着它,叫它小乖乖
把它当作一个没人疼爱的孩子

那时,我多么希望孤寂的山林里
能突然窜出一只狼
我一定会护着它
我得学会
更像个拿着笤帚满湾子追赶
脾气暴躁的母亲

红　薯

一窝窝的红薯
就在风雨捋过的一垄垄的泥土下
紧紧地,抱在一起
那时,最喜欢那裂了口子的红薯垄
我们会放下书包
用五指当耙子,顺着裂缝
把最大的一个拔出来
也不管不顾被林场看门人追上
躲在松树林或杂草丛生的坟堆里
像一个土拨鼠样,吧唧吧唧地啃着

沾有新鲜泥巴的红薯
和红薯皮
又脆又甜,还略带一点贫穷味

拾麦穗

一条小花狗,正从田埂上跑过来
欢快地蹭着

麦地空荡得像一张纸。母亲和孩子
一前一后
母亲背一大捆
孩子佯装成一只鸵鸟,两手和腋下夹满了麦穗

多年了,孩子最美的回忆,定格在小花狗归家时
撒欢的尾巴上,而一道
粗线条的
启蒙课,就藏在
天色渐渐
暗下时
小花狗尾巴拖过的,仄长的麦地

土腥味的叙述，可以疗伤

春天，绳索嵌入胛骨的老牛"扑通"跪在地
又挣扎着站起。
如果我的笔
是深翻出一垄垄新泥的犁铧
我会写出张着嘴，正喘粗气的老牛
和它鼻尖上密密的汗珠
我会克制，隐忍一些
让笔下农人甩着的响鞭，只在空中打转
如果，土腥味的叙述，可以疗伤
我会更克制
我笔下的放牛娃
也一定是个安安静静的
聋哑人
她一定只是涨红着脸
盯着雨点样的鞭子卷起的一道道，血痕
捂着胸口
紧张着，说不出话

老　井

一大溜的孩子，跪在井边，长长的麦秆

或小木桶
汲水，成为
一道暖意融融的风景

膝盖磨破了皮
渗出了血，兴奋却在水桶和长满青苔的
井壁间弹跳
我们的眼神，井水样清澈
只有简简单单的意识，汲取
就得弯下腰

老家的井，已被枯草
覆盖。如果能够遇见
当年的那群孩子，我将一一送给盛装滚烫泪点的器物
好多年了
我们的双腿，已忘了，平静地跪下

姚风作品选

姚风，本名姚京明，现居澳门。获第十四届柔刚诗歌奖。著有诗集《瞬间的旅行》《黑夜与我一起躺下》等多部。

云

绝不是羊群
没有谁可以放牧你

作为天空的主人
你只会自由地奔走和书写

你的字典里
没有"边界"这个词语

你写下瞬息万变的文字
告诉我须臾的意义

你让我倾听蔚蓝的空无
只有空无才会让我安静下来

你以雷鸣和闪电
反复告诫我人间尚存的不公和苦难

你铺开洁白的桌布
呼唤已在天上的人和众神共进晚餐

你化为一滴水来到我的唇间
令我的感恩之心不要枯竭

你推开窗子
在我的四壁画满了蓝天和你的肖像

鼓浪屿

柏拉图不喜欢诗人,把他们
逐出了共和国
如果他们被放逐到一个海岛
比如鼓浪屿,又会怎样?

他们穿行于游客之中,看不出
有何特别之处
他们写出的词语,汇率比不上
官员的陈词滥调
他们的愤怒
被风中的树枝压得很低

木棉花已经落尽,而舒婷的橡树在哪里?
根本就没有橡树
诗人依靠虚构和想象
才能活到今天
但饥饿的时候,他们看见
木瓜树结满了木瓜

到处是喧闹的口腹之欲

"主是个好牧人",羊依旧吃草
吃肉的依旧吃肉
而钢琴没有弹奏大海上的风暴
那么在水上画一双芒鞋,或者
半夜听诗人高亢的歌声:
"我第一次死,却忘记了带钥匙和钱包"

在成都

连绵的阴雨天气
有些人在忧郁,有些人在愤怒
那就煮沸红彤彤的火锅
打通
所有被压抑被结扎的器官

而我,面对一锅的火焰和革命
畏怯不前
把一双筷子搭成梯子
伸向了鸳鸯
粉白的藕片浮滚
我想到被油腻的手把玩的三寸金莲

生于斯的画家也在抱怨天气
他用积攒在身体内的阳光
画着花园里的一朵朵玫瑰
那是谁?以玫瑰之名言说:

其实，世界上只有一朵玫瑰

在何多苓艺术馆前
一只兔子俯身坐在细雨中
代替我思想
而我思想的重量
是否会超过
一公斤红萝卜和两把青草？

只有培育基地里熊猫最快乐
一天二十四小时
它们用十二小时啃竹子
管理员告诉我：圈养熊猫的寿命
比自由生长的长三分之一
啊自由，自由！

来到这里不能不见杜甫
在草堂，他身披蓑衣在芟除杂草
他没有告诉我
这占地三百亩的园子
是如何逃过地产商的觊觎？

在众人齐声歌唱的夜晚
我宁愿选择"习静一涧水"
在和一茶涧
我看见，如此微小的茶杯
也映出我满面的岁月
女主人斟上珍藏的"豆蔻年华"

而我百孔千疮的身体
却把它过滤成一条条"乌龙"

在香格里拉酒店看到一棵松树

在这家奢华酒店的大堂
我看见一棵松树

它被剥掉树皮,被钻入铁钉
像一个白色的骨架
组装成迎风送雨的风景

每次看到这棵树
我都想抄起一把斧头
但要砍的,不是这棵树

梅玉荣作品选

梅玉荣，70后，湖北团风人。作品散见于《诗刊》《长江文艺》《中国诗歌》《钟山》《北京文学》《芳草》《星星》等。出版诗集《月光倾城》等多部。

在英山想念雪

夜半果然很冷
几位诗人结伴,踏月色而行
英山街道一如成功的路,平凡而狭窄
月亮谙悉一切世事
千年不语,只发出孤绝的寒光

在啤酒和火锅的缝隙里
忽然想念雪
人说,雪是寂寞的尘埃
试图把荒凉遮盖
作为一个诗人,爱雪是必然的
好诗就是一场天堂雪
带着使命降临人间
我喜欢村庄的瓦,瓦上覆着雪
那低伏的美,更能惊动人心
我喜欢雪落青山使之白头
雪落江河使之飕飕
雪落荒滩,把空旷和清凉
绣上每一根摇曳的芦苇

夜行英山小街
我想放歌,把一场昏昏沉睡的雪
喊醒

白莲湖畔的星光

万物静默如谜
就像此刻的白莲湖,有出尘脱俗的光
走在水边的人,不仅容易湿鞋
还容易走神
如何破译一片湖水的基因
是芦花,野鸭,还是长满铁锈的小船
这是个问题

倒是水墨乾坤
更容易洇出一脉江山
有人用一管洞箫
吹出了莲花的明亮与妖娆
星光微凉
湖畔微凉
你随口念出的诗句
像白莲湖的水一样,亦是微凉

以星光为鉴,许下诺言
在微凉的尘世,让我们
用诗歌和内心的执着,互相取暖

艾的慈悲或信仰

风的号角,一定会吹到蕲河之阳
艾草扬起绿色的旗帜
足迹遍布天涯
七步之内,必有乡愁
祥云兀自绚烂
看天光美好,地气清幽
苍穹之下,可还记得艾的芳香

村庄母亲的哺育,苦成一株艾草
低到尘埃
时光可以一退再退
却退不回当初的河流,源头已枯
走失的人,春风唤不回
疼痛的老屋,在冷雨中飘摇
鸡鸣狗吠变成餐桌的美味
山水不过是萧瑟
田园不过是空巢

只有艾,深情的艾,孤独的艾
熬煮瓦罐里的时间
这固执的植物
用绿意,梳通故乡的经脉
用暖气,包围游子的脚踝

擎一株艾草，此行还有千里万里
反复提醒自己
把该爱的事物，再认真爱一遍
再忙也要经常仰望星空
再累也要向植物致敬
并且，守住内心的雪

东关古渡

没有想象中的壮阔与神秘
河水并不清澈，浮渣泛起
一如历史的本来面目
这一笔烟波浩渺的行书，平仄起伏的修辞
从春秋写到眼前，纵古贯今

游船，青楼，深宅，渡口
隋炀帝何在，鉴真何往
只剩下长巷里的夕阳和月光
古邗沟，瓜洲渡，琼花观，文峰塔，瘦西湖
大好江山。河道曲折，淌走多少
盐商，船工，墨客，诗人
烟花三月宜在诗中隐现
夜夜笙歌已变成市井流云
上善若水，水里有黄金。我们都在川上行
一条老运河，运走连城的珠宝

还是投江的肉身

东关古渡。有人在光影中拍照。谈话声遥远
不知今夕何夕。沿河灯光渐次亮起
立在运河边,来自湖北的这个女子
向苍茫夜色
叫了一声:广陵